장미 한 송이 러브래터

장미 한 송이 러브레터

러브레터 가족 지음

초판 1쇄 인쇄 | 2005년 5월 3일
초판 1쇄 발행 | 2004년 5월 9일

발행처 | 도서출판 작은씨앗
공급처 | 도서출판 보보스
발행인 | 김경용
책임편집 | 이정
마케팅 | 우광채

등록번호 | 제 300-2004-186호
등록일자 | 2002년 6월 14일

서울특별시 종로구 사직동 262-8 3층
전화 02-333-3773   팩스 02-735-3779
홈페이지 | www.bobosbook.co.kr
한글 도메인 | 작은씨앗

ISBN 89-90787-24-6 03810

장미 한 송이

러브레터

러브레터 가족 지음

작은
씨앗

차례

설레임

고백

사랑

이별

기다림

설레임 *Love Letter*

소중한 사람에게

하늘에게 소중한건 별입니다.
땅에게 소중한 건 꽃이며
나에게 소중한 건 이 글을 읽고 있는 당신입니다.

내가 힘들어 지칠 때
빗방울 같은 눈물을 흘릴 때
제일 먼저 생각나는 사람이 되어주세요.

당신을 사랑한다는 말은 못해도
당신을 사랑하는 마음은 보여줄 수 있습니다.

난 그대를 만날 때보다
그대를 생각할 때가 더 행복합니다.

힘들고 지칠 때
혼자 넓은 바다에 홀로 남은 기분이 들 때
나에게 힘이 되어줄 수 있는 그런 나룻배가 되어주세요.

언제부터인가 내 맘 한 구석에 자리 잡고 있는 사람이
있습니다.
아마도 그 사람이 이 글을 읽고 있는 당신인 것 같습니다.

누군가가 자기를 좋아하면
자기가 살고 있는 집의 하늘 위에 별이 뜬데요.

오늘 밤에 하늘을 좀 봐줄래요?
하늘 위에 떠 있는 나의 별을
내가 살아있는 이유는 그대가 존재하기 때문이며
내가 살아가는 이유는 그대를 지켜주기 위함입니다.

나는 언제부턴가 하늘이 좋아졌어요.
이 하늘 아래 당신이 살고 있기 때문이죠.

당신이 언제나 바라볼 수 있는 곳
그 곳에서 항상 제가 당신을 바라보고 있을 것입니다
언제나 당신이 가는 곳은 어디든지 함께 갈 것입니다.

다만 당신이 다른 사람에게로 가지 않는다면
그대를 위한 나의 작고 소중한 마음이 있습니다.

그리고 세상에서 아주 소중한 말이 있습니다.
그것은 바로 사랑입니다.

나무는 그늘을 약속하고
구름은 비를 약속하는데
난 당신에게 영원한 사랑을 약속합니다.

난 오늘도 기도합니다.
오늘 역시 당신의 하루가
잊지 못할 행복한 하루가 되기를

바쁜 하루 중에 나의 목소리가
당신에게 잠시 동안의 달콤한
휴식이 될 수 있었으면 좋겠습니다.
아침 햇살이 아무리 눈부셔도
내 눈에 비친 당신의 모습과는 비교할 수가 없습니다.

당신과 함께 한다는 것!
그것이 제겐 큰 행복입니다.

소리 없이 내리는 새벽 눈처럼
내 사랑도 당신 곁에 내리고 싶습니다.

나는 사람들에게 부끄럽지 않은 인간으로 기억되기를 바랍니다.
그러나 내가 사랑했던 사람에게는 그저 아름다운 한 여자로 기억되고 싶습니다.
— 그레이스 켈리

구릿빛 피부에 금방이라도 눈물을 쏟아 낼 듯한

큰 눈을 가진 사람.

40이 넘은 나이에도 번쩍 안고 내게 입맞춤 하는 사람.

늘 잠든 내 모습보고서야 잠이 들던 사람.

혹여 무엇이라도 할라치면 안쓰러움에 혼자서 일하던 사람.

고된 노동에 지칠 만도 한데 늘 내 몸 피로함에 더 민감한 사람.

부모 탓에 아이들 고생할까봐 맘 편히 하루를 쉬지도 못하는 사람.

늘 함께 해도 언제나 보고 싶다며 그리워하던 사람.

내 눈에 눈물 흐를까 행복보따리를 옆구리에 차고 다니던 사람.

실크 같은 마음으로 내 온몸을 감싸 안던 사람.

그는 그런 사람입니다

간이 맞지 않은 찌개를 맛나게 먹어 줄 줄을 알던 사람.

혹여나 맘 아플까 둘러 둘러 이야기 하느라 진땀 흘리던 사람.

기다리라고 조금만 기다리라고 "금방 갔다 올게" 그 말두고 간사람.

그는 그런 사람입니다.

그 사람이 제 사랑입니다.

이런 마음이 글이 될까요?

첫 눈에 반하는 사랑을 믿으세요?

이상하죠.
저는 몇 년 전까지
그런 말은 믿지 않았습니다.

어떻게 첫 눈에
사랑을 직감할 수 있는 건지.

사랑이라는 확신이 오는 건지.

이상하죠.
그런 생각으로 살아온 나에게

아이러니하게 찾아온
이 낯선 느낌이

혹여나 내가 의심 갖던
첫 눈에 반하는 사랑일까..하고
느꼈습니다.

그냥 나도 모르게
처음 본 순간

주위의 많은 사람들은 어느덧
내 시야의 배경에 지나지 않았고
주위에서 들려오던 많은
말소리 또한 나에게
아련한 메아리로밖에 들리지 않았으니까 말입니다.

그냥 그 사람의 모습만 고정된 채
그 사람의 말소리에만 귀 기울인 채

내가 아닌
주인은 알지 못하는
그 사람의 노예가 되어 버린 그 상황
멍한 순간이었죠.

그때부터.. 옆에 있고 싶고
자꾸 말 걸고 싶고
그 사람의 노래가 듣고 싶고
그 사람의 웃는 모습이 보고 싶고
내가 그렇게 싫어하던 담배를
그 사람이 물고 있는 모습이
너무 멋있어 보이는

참 바보같게도
이상한 숲의
끝이 보이지 않는 짙푸른 늪에
한없이 빨려가는 느낌이 듭니다.

그 사람을 볼때마다
그 사람의 까만 눈동자가
내 눈동자를 가득 채울때마다
하지만 난 그래서 더 슬펐는지 모릅니다.

첫 눈에 반했을 뿐인데
첫 눈에 빠졌을 뿐인데

금방 잊혀질 거라 믿었는데
힘없이 누운 방 천정을 보면
어느덧 나도 모르게
그 사람이 떠오르니 말입니다.

천정이 흐려진 건지, 움직이는 건지
눈에서 차가운 그 무언가가 흐를 때면

뿌리치려고 발버둥쳐도
더욱더 밀려오는 그 그림자에
그 목소리에

더욱 내 몸은 눌려오고 사그러 드는것 같습니다.

내가 이것밖에 안되나
잠깐의 그 설렘, 떨림이
날 이렇게도 비참하게
무기력하게 만드나

감옥에 얽매여 있는 죄수처럼
고개를 들지 못하고 끝도 없이 추락하는 한 마리 작은 새처럼
이렇게 무너져야 하는건가

어떻게 하면 마음이 편할까요?

더 이상 옆에 있을 수 없는데
더 이상 사랑할 수 없는데 말입니다.

더 이상 웃어질 수 없는데 말입니다.

나는 소망합니다

나는 소망합니다.

내가 모든 이에게
꼭 필요한 존재가 되기를

나는 소망합니다.

한 사람의 죽음을 볼 때
내가 더욱 작아질 수 있기를

그러나 나 자신의 죽음이
두려워 삶의 기쁨이 작아지는 일이 없기를

나는 소망합니다.
내 마음에 드는 사람들에 대한 사랑 때문에
마음에 들지 않는 사람들에 대한
사랑이 줄어들지 않기를

나는 소망합니다.

다른 이가 내게 주는 사랑이
내가 그에게 주는 사랑의 척도가 되지 않기를

나는 소망합니다.

내가 언제나
남들에게 용서를 구하며 살기를

그러나 그들의 삶에는
내 용서를 구할 만한 일이 없기를

나는 소망합니다.

언제나 나의 한계를

— 헨리 나우엔

인생은 초콜렛 상자에 있는 초콜렛과 같다.
어떤 초콜렛을 선택하느냐에 따라 맛이 틀려지듯이 우리의 인생도
어떻게 선택하느냐에 따라 인생의 결과도 달라질 수 있다
— 포레스트검프

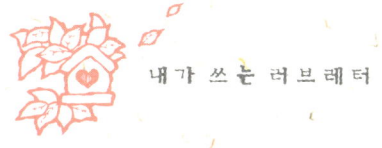
나를 믿어주는 한 사람이 있습니다. 부족하고 세상 앞에서 모자람 많은 나이지만 늘 그런 나를 세상 어떤 이들보다 아름다운 눈으로 지켜 봐주고, 넘치는 사랑만으로 언제나 나에게 용기를 주는 한 사람이 있습니다. 오랜 여행에 지쳐 내 곁에서 잠든 모습을 바라보며 입 맞추고 싶게 만들고, 늘 곁에서 영원히 지켜보고 싶은 욕심에 내 마음 따뜻하게 만들어 주던 한 사람이 있습니다. 세상에서 나를 가장 행복한 사람으로 만들어 주겠다며 수줍게 웃던 그 웃음만으로도 이미 나를 세상에서 가장 행복한 사람으로 만들어 주던 한 사람이 있습니다. 그리고 그 사람은 내가 사랑하는 사람입니다.

천년을 아니, 천년이 하루가 되는 세상에서 다시 천년을 살아간다 해도 내가 행복할 때 함께 기뻐해 주고 내가 슬플 때 함께 울어줄 사람입니다. 그런 사람입니다. 그런 사랑입니다.
하나가 아파 힘들어 할 때면 다른 하나가 대신 아파 줄 수 없음에 마음이 더욱 아파지고, 하나가 눈물을 흘릴 때면 다른 하나가 그 눈물 닦아 주며 따뜻하게 안아 주는 그런 사랑입니다.

하나가 세상에 태어나 다른 하나를 만나기까지 많은 인연의 엇갈림과 그 엇갈림 속에서 마음아파 했다면 이제는 그 아픔이 더 이상 하나를 괴롭히지 않기를, 사랑 안에서 바라보는 세상이 얼마나 아름다운지 살아볼 만한 일인지를 함께 느끼며 그렇게 살아갈 수 있기를, 다시는 이별로서 눈물 흘리지 않고 마음 다치지 않게 서로가 노력할 수 있기를, 열심히 살아갈 수 있기를.

내게 참으로 아름다운 사랑을 가르쳐 준 한 사람에게.
내가 눈감고 눈감은 이후에 영혼마저 하나의 먼지가 되어 떠돌게 되는 그런 날까지 사랑하는 한 사람에게.

하루는 북쪽에서 하루는 서쪽에서 인생이란 그런 거야. 우린 그 속에 있다구.
— 베티블루

사랑을 느낄 수 있어 행복합니다

오늘도 사랑하는 당신 곁에 있어서 행복합니다.

오늘도 당신의 사랑을 느낄 수 있어 너무 행복합니다.

당신에 대한 사랑이 작은 가슴에 담기에는 내 가슴 턱없이

작은 것 같아 안타깝습니다.

당신을 사랑할 수 있게 해 준 당신에게 여태 고맙다는 말

한마디 못했군요.

사랑하는 당신, 당신과 나는 하나이기에

당신의 몸짓하나에 내 호흡은 멈추고 당신의 목소리에

내 심장이 멈추고

당신의 따스한 체온에 내 몸은 뜨겁게 달아오르고

당신의 향기에 내 영혼은 빠져 나와 당신에게로 갑니다.

당신과 하나 되고 싶어 당신 안으로, 당신 안으로 들어갑니다.

당신을 너무나도 사랑하기에,

당신 없는 세상은 생각할 수도 없기에,

행여 당신이 내 곁을 떠날까봐, 행여 내 사랑이 끝나 버릴까봐,

지금 이대로 모든 것이 멈췄으면 합니다.

당신이 내게 주신 사랑은 곧 당신,

당신이 되어 내게 다가옵니다.

당신을 보기만 해도, 목소리만 들어도,

아니, 당신 생각만 해도

내 가슴은 벅차올라 떨리기까지 합니다.

이런 짜릿한 기분을 누가 또 알까요.

내 몸조차 가누지 못할 만큼 황홀한 당신.

그래서 당신이 안 보이는 곳에서는 나도 모르게 이렇게

뜨거운 눈물이 흘러내립니다.

사랑하는 당신, 내 뺨위에 흐르는 이 눈물은

바로 당신에 대한 나의 사랑입니다.

삶이란 것이 자기 뜻대로 되는 것은 아니죠 —로마의 휴일

내가 쓰는 러브레터

그냥 좋았습니다.

어떤 이유가 있고, 조건이 있어서가 아니라 당신이기에

그냥 좋았습니다.

요즘 당신 얼굴을 바라보면 저도 모르게 눈시울이 붉어집니다.

바라만 봐도 가슴 짠해지고 내 눈앞에서 이렇게 웃어주고

있는데도 자꾸만 보고 싶어집니다.

좀 더 행복한 웃음 짓게 만들어 주고 싶은데

어두운 웃음밖에 짓질 못하게 만들어 너무 아프고

참 좋은데 그냥 바라만 봐도 좋은데

시련을 겪게 해 너무 아픕니다.

배가 고파 허덕이는 이들에겐 정말 배부른 소리라는 거.

하지만 그들보다 더 허덕이는 저이기에,

이렇게 아파도 되겠지요.

정말 미안합니다.

그리고 사랑합니다.

언제쯤 우리가 우리 사랑을 떳떳이 내세울 수 있을지

모르지만 그때까지 아프고 미안해도 당신에 대한

내 사랑에 아픔, 미안함 생기지 않도록 더 많이

사랑하겠습니다. 지금은 쓴 웃음밖에 지을 수 없는 당신과

나지만 시간이 지나 정말 행복한 , 행복해 미칠 정도로

그렇게 사랑하겠습니다.

지금 내 앞에 있는 당신, 사랑합니다.

변화를 인정하고 고난에 굴복하는 것은 진정한 사랑이 아니오.
그것은 굳건하여 폭풍우에도 흔들리지 않으리
— 센스 앤 센서빌리티

조건 없는 사랑

당신은
누군가에게 작은 사랑을 보여준 뒤
기쁨의 떨림이 온몸에 퍼져 오는 것을
느껴본 적이 있는가.

만족의 가장 고요한 순간은
조건 없는 사랑을 줄 때 찾아온다는 것을
알아차린 적이 있는가.

내 모든 것을 다 주어도
아무것도 되돌려 받기를 바라지 않는
순수한 사랑.

지쳐 쓰러진 사람을 일으켜 세우려
따뜻한 손길을 내밀 때,
병든 사람에게 한 아름의 꽃을 선사하는
그 마음에
고요한 기쁨이 한없이 밀려온다.

그러나 그가 당신의 아버지이기 때문에
혹은 어머니이기 때문에 그런 일을 할 때에는
그렇지 않다.

흥정이 아닌 사랑,
계산이 아닌 사랑,
그렇듯 사랑은 우리 내부에서
자연스럽게 흘러나와야 한다.

하류로 갈수록 넓어지는 강물처럼
그렇게 사랑은 넓고 깊어가야 한다.

─라즈니쉬

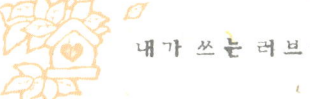

내가 쓰는 러브레터

당신은 설레는 마음으로 맞이한 단비가 아닌
아무 준비 없이 맞이한 소나기와 같습니다.
미처 피할 곳 찾기도 전에 온몸을 다 적신 소낙비입니다.
비 개인 후, 홀로 젖은 내 모습이 혹시라도 애처로울까.
애써 피할 곳 찾아보지만
이미 당신에게 길들여진 나를 인정하려 합니다.
애써 피하지 않겠습니다. 두려워하지도 않겠습니다.
메마른 가슴 촉촉이 적셔준 당신이기에 순간순간 감사하며
당신을 맞이하겠습니다.

내 기억속의 무수한 사건들 처럼
사랑도 추억으로 그친다는 것을 나는 알고 있습니다.
그러나....
당신은 추억이 되지 않았습니다.
사랑을 간직한 채 떠날수 있게 해준
당신께 고맙단 말을 남깁니다.
—8월의 크리스마스

내가 당신에게 행복이길

내가 당신에게 웃음이었으면 좋겠습니다.
나의 손짓과 우스운 표정보다
내 마음속에 흐르는
당신을 향한 뜨거운 사랑이
당신의 생활 속에 즐거움이 되어
당신의 삶의 미소가 되길 원합니다.

내가 당신에게 믿음이었으면 좋겠습니다.
백 마디 맹세와 말뿐인 다짐보다
내 가슴속에 흐르는
당신을 향한 진실한 사랑이
당신의 생각 속에 미더움이 되어
당신의 삶의 동반자가 되길 원합니다.

내가 당신에게 소망이었으면 좋겠습니다.
하늘에 구름 같은 신기루보다
내 생활 속에 흐르는
당신을 향한 진솔한 사랑이
당신의 신앙 속에 닮아감이 되어
당신의 삶의 이정표가 되길 원합니다.

내가 당신에게 행복이길 원합니다.
나와 함께 웃을 수 있고
나와 함께 믿음을 키우며
나와 함께 소망을 가꾸어
우리 서로 마주보며 살아가는 세상
당신의 삶이 행복이길 원합니다.

─오광수

사랑하는 데는 시간이 걸린다는 것을 명심하십시오.   ─킹 랄프

내가 쓰는 러브레터

내 가슴속에 깊숙이 박혀버려

늘 안절부절 내 온 신경을 흔들어 놓은 사람이 아닌
언제나 찾아와도 놀라지 않을 그런 사람이길.
그대 눈치 보느라 원래의 내 모습 다 보여주지 못하고
내내 후회하는 것보다
어떤 모습이든 날 당당하게 해주는 그런 사람이길.
헤퍼 보인단 말 들을까봐 맘 놓고 웃는
편안한 웃음 보여주지 못해 망설이는 것보다
아무 생각 없이 날 깔깔 웃게 만드는 그런 사람이길.
집에 돌아가는 것이 정말 끝이 되어 버릴 것 같아
몸서리치게 같이 있고 싶은 생각이 드는 사람이 아닌
기다리지 않아도 내일이면 다시
내 옆에서 어깨를 두드리는 그런 사람이길.
헤어짐이 믿어지지 않을 정도로
나에게 잘해주는 사람이 아닌
때론 내 단점을 꼬집으면서 한 번씩 날 울리기도 하는
그런 사람이길.
사랑한다는 말귀에서 떠나지 않도록 해주다가

가끔씩 뜸해서 날 불안하게 하는 사람보다
가끔씩 정말 내가 힘이 들 때 그 한마디로
내 맘을 붙잡아 줄 수 있는 그런 사람이길.
가슴 저리고 애달파서 아픔이 되는 사람보다
편안하게 손 꼭 잡고 오래오래 같이 웃어줄 수 있는
그런 사람이 되어주길.

인간이 한 직업에 종사하다보면 그 직업이 그의 모습이 되는 거야.
― 택시드라이버

당신을 사랑하는 마음 천년이 흘러도

사랑을 다해 사랑하며 살다가
내가 눈 감을 때까지
가슴에 담아 가고 싶은 사람은
내가 사랑하는 지금의 당신입니다.

세월에 당신 이름이
낡아지고 빛이 바랜다 하여도
사랑하는 내 맘은 언제나 늘 푸르게 피어나
은은한 향내 풍기며 꽃처럼 피어날 것입니다.

시간의 흐름에
당신 이마에 주름지고
머리는 백발이 된다 하여도

먼 훗날 굽이굽이 세월이 흘러
아무것도 가진 것 없는 몸 하나로
내게 온다 하여도 나는 당신을 사랑할 것입니다.

사랑은 사람의 얼굴을
들여다보며 사랑하는 것이 아닌
그 사람 마음을 그 사람 영혼을
사랑하는 것이기 때문입니다.

그렇기에
주름지고 나이를 먹었다고 해서
사랑의 가치가 떨어지는 것은 아니기 때문입니다.

만약 천년이 지나 세상에 나 다시 태어난다면
당신이 꼭 내 눈 앞에 나타났으면 좋겠습니다.

세월의 흐름 속에서도 변하지 않고
가슴에 묻어둔 당신 영혼과 이름 석 자

그리고 당신만의 향기로
언제나 옆에서 변함없이
당신 하나만 바라보며 다시 사랑하며 살겠습니다.

지금 내 마음속에 있는 한 사람을 사랑하며
내가 죽고 다시 천년의 세월이 흘러 내가 다시 태어난다 해도

만약 그렇게 된다면 사랑하는 사람은
단 하나 부르고 싶은 이름도
지금 가슴 속에 있는 당신 이름일 것입니다.

사랑받지 못한다는 것은 이 세상에서 가장 괴로운 것이다.
— 에덴의 동쪽

당신이 꽃이라면
난 바람이고 싶습니다.

당신의 좋은 것만을 취하고
날아가는 꿀벌과 나비가 아닌
바람이고 싶습니다.

당신을 몰아 부치는 세찬 바람도
슬쩍 지나치는 바람도 아닌
항상 그 옆에 머무는 바람이고 싶습니다.

당신의 향기가 다 할 때까지
일렁임 없는 모습으로
당신의 향기를 멀리 퍼지게 하는
바람이고 싶습니다.

거친 비바람 속에서
모진 뙤약볕 아래서

오랜 시간 잉태의 아픔으로 빚어낸
당신의 향기를 머무는 바람으로 피워 올리렵니다.

당신은 아름다운 향기를 솟아내고
난 당신의 아름다움을 지키며
늘 곁에 있으렵니다.

당신이 꽃이라면
난 바람이고 싶습니다.

남자는 항상 여자의 첫사랑이 되길 원한다.
반면, 여자는 좀 더 미묘한 본능이 있어서
그들이 남자의 마지막 사랑이 되기를 바란다.
ㅡ트루 로맨스

사랑할 수 있다는 것은

그대가 웃음꽃 피우며
나를 바라보던 날
내 심장은 금방이라도 굳어지고
숨은 멎어버릴 것만 같습니다.

행복한 그 순간
서글프도록 뼛속까지 찾아들던
지난날의 모든 고통은 사라지고
사랑은 내 마음의 한복판에서
별이 되어 찬란하게 빛났습니다.

그대가 떨리는 목소리로
사랑을 고백해왔을 때

늘 풀리지 않는 아쉬움 속에
몸살을 앓으며 고독하기만 했던
나의 삶에 등불을 밝게 켜놓은 듯
벅찬 감동이 몰려왔습니다.

사랑할 수 있다는 것은
내 마음을 말갛게 씻어주는
그 무엇으로도 표현할 수 없는
유쾌한 기쁨입니다.

그대를 일생 동안 사랑하며
나의 모든 것을 준다 하여도
결코 후회하지 않을 것입니다.

— 용혜원

진한 커피가 담긴 머그잔이 혼자만의 외로움을
위한 위로라면 가지런히 놓인 다기(茶器)의 은은함은
당신과 함께 하고픈 마음입니다.
당신을 만나기전 나는 내 삶이 쓸모없다는 생각으로
고통을 받고 있었습니다.
그러나 당신은 나의 존재를 소중하게 여길 줄 알게 해 주었습니다.
거리엔 어둠살이 내리고 지는 잎 부는 바람소리의
견딜 수 없는 고독에 우리 하나의 어둠이 되어
숨결의 교감을 나누며 허한 가슴을 채워가던 그날 하늘의
별들이 발아래까지 내려와 길을 밝혔습니다.
우리는 걸어가던 별 밭길에서 두 가슴이 서로를
부르는 소리를 들었습니다.
당신과의 사랑은 피할 수도 거부할 수도 없는 운명이었습니다.
당신은 내가 아니면서 나의 일부인 영혼을 나에게 남겼습니다.
향기로운 차향이 혀끝에 감돌고 사랑한다는 말이
향기롭게 씹힙니다.
나의 눈은 둘이지만 보이는 것은 하나입니다.
당신, 당신이 돌아와 행복합니다.

그대가 있다는 이유만으로도

그대가 이 세상에 있다는 이유만으로도
내 눈에 비치는 세상은 더없이 눈부십니다.

그대와 함께 이 세상을 살아간다는 것만으로도
나는 행복에 겨워 눈물이 납니다.

세상이 무너져 버린다 해도 그대가 있다는 이유만으로
나는 더없이 행복할 것입니다.

그대는 이 세상에 존재하는
또 다른 나의 세상,

그대의 마음속은

내가 다시 태어나고 싶은 세계입니다.

그대가 존재한다는 것은

내가 살아야 할 이유입니다.

그대와 함께 이 세상을 살아간다는 것은

영원히 내가 그대를 사랑해야 할 이유입니다.

—T. 제프란

간절히 바라면 얻을 수 있다.
원하는 것을 얻을 수 없다면
간절히 바라는 것이다.
간절히 바래도 얻을 수 없다면
그것은 자신에게 문제가 있는 것이다.
—물고기 자리

안개 낀 넓은 바다에 홀로 남겨져

한치 앞도 보이지 않는 이곳에서

지난 이십여 년을 지켜왔습니다.

그 무엇도 바라지 않았지만

이젠 나도 무엇인가

바랄 수 있는 자격이

있지 않을까 생각합니다.

아무것도 보이지 않는

이 바다에서 발견한 등대

그것은 바로 사랑이고 그대이며

지나온 세월입니다.

넓디넓은 바다를

그대와 함께라면

외로워도 힘들지도 않겠지요.

그게 사랑이고 그대이며

우리입니다.

당신이 너무 좋아요

어느 날
아침이슬처럼 살며시
내 마음 안에 들어온 당신.

눈빛만 봐도 알 수 있는 너무도
아름다운 마음을 가진 당신.
그런 당신이 자꾸만 좋아집니다.

당신을 좋아한 뒤로는 가슴
벅차옴으로 터질 것만 같습니다.

'당신을 사랑해' 라는 말보다
'당신이 자꾸 보고 싶어' 라는 말이

내 가슴에 더 와 닿습니다.
언제나
당신의 얼굴에 웃음이
가득하길 바라는 나의 마음은

당신을 향한
단 하나뿐인 나의 사랑입니다.

당신을 위해
저 하늘별은 못 되어도
간절한 소망의 눈빛으로 당신께
행복을 주고 싶습니다.

당신에게
무엇이라도 해 주고 싶은 나의
마음이지만 따뜻한 말 한마디 해주지
못하는 내 자신이 너무 얄밉기만 합니다.

하지만

나의 마음을 알아주는
당신이 있어 이 순간에도
난 행복합니다.

그 누구에게도
말하고 싶지 않은
당신은 나의 행복한 비밀입니다.

나는 소망합니다.
이 생명 다하는 그날까지
당신만을 바라볼 수 있기를...

그런 당신에게
나의 마음을
나의 사랑을 전하고 싶습니다.

나
당신을 너무 좋아합니다.

$\mathcal{L}ove$ 고백 $\mathcal{L}etter$

내가 당신을 사랑하게 되거든

내가 당신을 사랑하게 되거든,
그래서 한순간도 당신을 떠나있을 수 없게 되거든
가슴 속 깊이 묻어 두었던 말 하나를 꺼내어
가장 소중한 사람의 이름으로 선물하겠습니다.
내가 당신을 사랑하게 되거든,
그래서 눈물겹도록 당신이 보고프게 되거든
내 마음의 우물 그 깊고 깊은 바닥에서
말 하나를 건져내어 가장 아름다운 마음으로 전하겠습니다.

내가 당신을 사랑하게 되거든,
그래서 너무도 감사함에 기도 올리게 되거든
나와 당신의 하늘 그 높고 높은 곳에
내 마음의 장대하나 던져내어 말 하나 따내어

내 사랑하는 당신의 입술 안에 한입 넣겠습니다.

내가 당신을 사랑하게 되거든
날마다 여기저기 던져놓은 말,
사랑..
그 말을 하겠습니다.

'여기에 너의 슬픔을 녹음해.... 세상 끝에 묻어줄께'
— 해피투게더

매일 싸우다시피 한 정말 얄미운 사람

화가 나면 정말 무서운 사람

돌아서면 히죽 웃으면서 잘해주는 사람

일상이 바빠 눈물이 메말랐다던 사람

그러면서도 몰래 우는 맘 약한 사람

곁에 믿을만한 사람 없다던 사람

괴롭히는 것 좋아하는 사악한 사람

항상 믿음을 주는 든든한 사람

이런 사람이 저에 곁에 있습니다.

이런 사람을 전 사랑하고 있습니다.

아무것도 해줄 수 없어 아쉬움으로 남는 이사람

이사람 때문에 많은 눈물을 쏟았습니다.

이사람 때문에 많이 웃었습니다.

이사람 때문에 마음이 든든했습니다.

이 사람이 저의 곁에 있어 너무 행복하고 감사합니다.

진정한 사람을 알게 해준 이 사람에게 감사합니다.

행복을 나누어준 이 사람에게 너무 감사합니다.

놓치고 싶지 않은 사람

세상을 살아가면서
놓치고 싶지 않은 사람이 있습니다.

별 소식이 없는 듯 이리 살아도
마음 한편엔 보고픈 그리움 두어
보고 싶을 때면 살며시 꺼내보는
사진첩의 얼굴처럼 반가운 사람

그 사람이
당신이었으면 좋겠습니다.

한참동안 뜨음하여 그립다 싶으면
잘 지내느냐고 이메일이라도 띄워

안부라도 물어보고 싶어지는
풋풋한 기억 속에 있는 사람

그 사람이 바로
당신이었으면 좋겠습니다.

살면서 왠지
붙잡고 싶은 사람이 있습니다.

세월이 흘러 그만 잊은 듯하여도
문뜩 문뜩 생각에 설렘도 일어
그렇듯 애틋한 관계는 아닐지라도
막연한 그리움 하나쯤은 두어
가슴에 심어두고 싶은 사람

그 사람이
당신이었으면 좋겠습니다.

어쩌다 소식이 궁금해지면
잘 있는 거냐고, 잘 사는 거냐고
휴대폰 속에 젖은 목소리라도
살포시 듣고 싶어지는 사람

그 사람이 정말
당신이었으면 좋겠습니다.

나는 모든 것을 즐기고 싶다.
하루 하루가 인생의 마지막날인 것처럼 유쾌하게 살고 싶다.
— 내가 마지막 본 파리

내가 쓰는 러브레터

울지 말아요. 슬픔은 내가 할께요.

아파하지 마세요.

아픔도 다 내가 할께요.

가슴 저린 슬픔도 뼈에 사무치는 아픔도

다 내가 가질게요.

당신은 어여쁜 사랑만 행복한 미소만 가지세요.

당신의 얼굴에 사랑이 가득하길 원해요.

당신 모습 바라볼 때 바라보는 내 두 눈이

아프지 않고 행복하길 원해요.

내 가슴이 갈기갈기 찢기어 산산이 무너져 내려도

당신만 행복하다면 내 아픔쯤은 견디며 살아갈게요.

당신 행복이 바로 내 행복이니까요

헤어진다는 것은 감미로운 슬픔이다. —마이 다링 클레멘타인

만족할 줄 모르는 사랑

사랑이란 그런 거예요! 그런 거래요!
입맞춤으로 진정되는 것이 아니래요
누가 밑 빠진 독에
물을 길어 부으려 하나요?
그렇다면 그대는 영원히 물을 긷고 있겠지요!
그대가 계속해서 영원히 입 맞춰 준다 해도
그녀의 소망을 채울 수는 없을 거예요

사랑, 사랑은 끝이 없어요
새롭고 놀라운 욕망이에요
우리가 오늘 키스했을 때
서로의 입술을 깨물며 열렬히 입맞추었죠
소녀는 도마 위에 올려진 어린양처럼

꼼짝 않고 침묵에 잠겨 있었지요
그러나 그녀의 눈빛은 애원했대요 "늘 더 깨물어 주어요!
아픔이 크면 클수록 더 만족스러운 걸요"

사랑이란 그런 거예요, 또 언제나 그랬었고
사랑이 존재하는 한은요
그러나 지혜의 왕 솔로몬은
다른 이들처럼 사랑에 빠져들지 않았대요

― E. 뫼리케

어릴땐 지나가는 사람들이 모두 날 바라봐 주었으면 했어요
하지만 지금은 오직 한 사람만 날 바라봐 주었으면 해요
그것이 사랑이라고 믿어요.
― 마릴린 먼로

내게 보이는 그대 환한 그 미소에 내 맘 가득 설렘을
꿈꾸게 합니다.
그대의 눈빛에 내 마음을 기대고 그대의 마음에
나의 작은 사랑을 키워갑니다.
그대는 내게 있어 하늘 빛 키 작은 아이의 마음이며 붉게
물든 가을의 노을 빛 마음입니다.
내 하루의 시작과 함께하는 그대란 사람
당신을 향해 수줍게 내민 이 손길을 그대는 받아 주련지요.
내 안에서 머무는 당신을 위해 나의 서툰 몸짓은
지금도 바삐 움직입니다.
내게도 마음 하나만 주세요.
그대 어느 곳에서든 머물 수 있는 작고도 작은 마음 한쪽
허락해 주세요.
내 눈물겨운 순간에도 그대가 곁에 있음이
다시 일어서는 용기가 됩니다.
그대가 스쳐 지나간 자리에 남게 되는 희미한 자국에도
나에게는 사랑의 설렘이 됩니다.
나의 행복은 그대의 손끝에서 이루어지며 그대의 눈빛과

미소에도 담겨져 있습니다.

세상이 내게 준 선물 가운데 가장 위대한 것은

내 앞에 그대 당신입니다.

그대와 나 우리의 영원한 사랑을 위해 기도합니다.

오늘도 나 이렇게 여전히.

우린 너무 어렸고 너무 성급했으며 너무 사랑했어요
그 사랑의 기억으로 난 평생을 행복할 수 있었어요.
─ 올리비아 핫세

나는 그대에게 하늘같은 사랑을
주고 싶습니다

그대가 힘들 때마다
맘 놓고 나를 찾아와도
언제나 같은 자리에 같은 모습으로
그대를 지켜주는
그대의 그리움이 되어줄 수 있는
그런 하늘같은 사랑을 하고 싶습니다.

그대가 씩씩하게 잘 살아가다가
혹시라도 그러면 안되겠지만
정말 어쩌다가 혹시라도
힘이 들고 지칠 때가 있다면

그럴 땐 내가 이렇게 높은 곳에서
그대를 바라보고 있노라고
고개 떨굼 대신 나를 보아 달라고
그렇게 나는 한자리에
그대를 기다리고 있었노라고

나는 그대에게
그렇게 말 할 수 있는
하늘같은 사랑을 하고 싶습니다.

나는 그대에게
줄 것이 아무 것도 없습니다.
그대 향한 맘이 벅차오른다고 하여도
나는 그대에게 줄 것이
아무 것도 없습니다.

그러나
그대가 언젠가

내게로 고개를 돌려주는 그 날에
나는 그제서야
환한 미소로 그대를 반겨 줄 것을
세상에서 가장 아름다운 그대로
태어나게 해주겠다고

그러나
나는 마음을 열지 않는 그대에게
지금 나를 보아 달라고
내가 지금
그대 곁에 있노라고 말하지 않습니다.

세상 지금 그 누구보다
그대의 행복을 바라며
단지 하늘같은 사랑으로
그대를 기다리는 까닭입니다.

삶이란 달리는 기차와 같다고 늘 생각했습니다.

목적지를 향해 끝없이 달리는 기차처럼

나도 당신도 끝을 알 수 없는 종착역을 향해서 달리고 있으니 말입니다.

삶이란 살아가는 이유라고 늘 생각했습니다.

살아가는 이유를 잃어버린 나는 죽어가고 있는 거나

마찬가지라고 생각했으니깐 말입니다.

순수한 마음을 잃어버리고 싶지 않아

비는 마법의 힘을 지니고 있다고 생각했습니다.

비가 내리면 사람들이 좀 더 여유로워지고

분위기를 타기 때문에 말입니다.

그렇게 서른 살하고도 삼년을 살아왔습니다.

유치한 삼류소설처럼 우연을 가장한 필연의 만남이란 것도

꿈꾸면서 말입니다.

그렇게 삶은 나에게 운명의 만남을 갖게 해주었습니다.

제가 가꾸는 사랑이 제 삶에서 어떠한 향기를 피울지는

잘 모르겠습니다.

다만 제 삶에서 소중한 추억이 되기를 늘 바라는 마음입니다.

삶이란, 나도 당신도 같이 소유하고 있기 때문입니다.

사랑

그 무엇도 사랑을 가로막지는 못해요
사랑은 빗장도 대문도 알지 못해요
그래서 사랑은 모든 것을 뚫고 나올 수 있어요
사랑은 시작도 없이 영원한 날개를 펴요
앞으로도 영원히 날갯짓할 거예요

―M. 클라우디우스

때때로 사랑은 기적처럼 아름다운 여정이며 용기있는 모험입니다.
―아름다운 비행

오셔요

오셔요. 당신은 오실 때가 되었어요, 어서 오셔요.

당신은 당신이 오실 때가 언제인지 아십니까.

당신이 오실 때는 나의 기다리는 때입니다.

당신은 나의 꽃밭으로 오셔요.

나의 꽃밭에는 꽃들이 피어있습니다.

만일 당신을 쫓아오는 사람이 있으면,

당신은 꽃 속으로 들어가서 숨으십시요.

나는 나비가 되어서 당신이 숨은 꽃 위에 가서 앉겠습니다.

그러면 쫓아오는 사람은 당신을 잡을 수는 없습니다.

오셔요. 당신은 오실 때가 되었습니다. 어서 이리 오셔요.

당신은 나의 품으로 오셔요.

나의 품에는 부드러운 가슴이 있습니다.

만일 당신을 쫓아오는 사람이 있으면,

당신은 머리를 숙여서 나의 가슴에 대십시오.

나의 가슴은 당신이 만질 때에는 보드랍지마는,

당신의 위험을 위하여는 황금의 칼도 되고, 강철의 방패도 됩니다.

나의 가슴은 말굽에 밟힌 낙화가 될지언정,

당신의 머리가 나의 가슴에서 떨어질 수는 없습니다.

그러면 쫓아오는 사람이 당신에게 손을 댈 수는 없습니다.

오셔요. 당신은 오실 때가 되었습니다. 어서 오셔요.

당신은 나의 죽음 속으로 오셔요.

죽음은 당신을 위하여 준비가 언제든지 되어 있습니다.

만일 당신을 쫓아오는 사람이 있으면, 당신은 나의 죽음의

뒤에 서십시오.

죽음은 허무와 만능이 하나입니다.

죽음의 사랑은 무한인 동시에 무궁입니다.

죽음의 앞에는 군함과 포대가 티끌이 됩니다.

그러면 쫓아오는 사람이 당신을 잡을 수는 없습니다.

오셔요. 당신은 오실 때가 되었습니다. 어서 오셔요.

— 한용운

한 번만 안아 주세요

눈물이 가슴을 타고 흘려요
그대 없이는 못 살 것 같지만
한 번만 안아 주면
강물처럼 흐르는 눈물이 멈출 것 같아요
그대는 아나요.
아무도 몰래 꽃씨를 뿌린
내 마음은
그대 향한 꽃밭이라는 걸,
그대는 몰라요
그대 그림자를 밟으며
꽃잎처럼 떨어지는 것이 "나"라는 걸,
그러나 이것만은 알아주세요
한 번만 안아주면

그대 향한 나의 꽃밭은

봄햇살에 눈 녹듯이 노래한다는 것을,

곧 죽어도

그대 향기에 젖어

웃음 머금을 수 있다는 것을,

그렇게 이쁜 사람이 "나"라는 것을...

—이근대

아무리 넓은 공간일지라도, 설사 그것이 하늘과 땅 사이라 할지라도
사랑의 힘으로 채울 수 있다.
— 괴테

지금 이대로 머물렀으면 좋겠어.

아무것도 생각하지 않고 아무런 아픔도 없고

그냥 이대로가 좋아 마음이 조금 텅 비고, 조금 허할 뿐

나는 아무런 문제없어.

주변의 모든 것이 빠르게 흘러가지만 정신을 차릴 수

없을 정도로 빠르지만

나는 그냥 이대로 머물러 있어 지금 이대로가 좋아.

누군가는 나에게 이런 말을 했어 감정이 텅 비어 버린

무생물체 같다고 그래도 난 괜찮아

그냥 이대로가 좋아.

좀 멀리 떨어져 있는 행복이지만 그래도 눈앞에 보이니까

굳이 그 행복을 찾으려 노력하지 않겠지만

내 눈앞에 보이니까 지금 이대로도 괜찮아.

한번도 사랑다운 사랑을 해보지 못한 사람들은 모를거에요
내가 불륜을 저지르는게 아니라 사랑을 하고 있다는 것을....
— 잉그리드 버그만

그대를 사랑합니다

하늘에 노을빛이 가득할 때쯤
그대 손이 나의 손에 살며시 잡혀 왔을 때
얼마나 가슴 떨리든지
하지만 그 떨림 속에서 나도 모를 감정이
그대 손을 잡은 나의 손에서
온 몸으로 번져가고
그렇게 그대를 사랑하게 되었습니다

그대를 만나면서 수양이 덜 된
나의 마음들을 나무라기도 하고
욕심이 지나칠 때에는
그 마음들을 죽여 버리기도 했습니다
나를 위하기보다

그대 웃는 모습이 더 보고 싶고
그 미소가 얼마나 아름다운지
세상 어떤 꽃보다 아름답습니다

사랑이란
내 몸 아픈 것 생각도 않으면서
전화기에 들려오는 그대 힘없는 목소리에
마음이 더 가는가 봅니다
옆에 사람들이 나중을 위해
적당히 잘 해주라고 충고하지만
내 사랑에는 적당이란 말은
감히 생각도 할 수 없습니다
그대를 사랑하게 된 순간부터
나의 맘은 내 것이 아니니까요.

— 김태광

나는 오늘도 당신을 만나러 가는 꿈을 꿉니다.
아침에 눈 뜨자마자 세수도 하기 전부터
이를 닦는 상상을 하고 화장을 하고 당신이 본적 없는
새 옷을 골라 거울 앞에서 옷맵시를 확인하고
그렇게 당신을 만나러 가는 상상을 합니다.
어느새 하루 세끼 꼬박 밥을 챙겨 먹는 일상처럼 그렇게
나의 상상도 일상이 되어버렸습니다.
그러나 나 반년이 다 되어가는 우리의 이별을 아직도
인정하지 못하는 탓인지 당신 앞에 설 수가 없습니다.
친구를 만나 몇 시간 수다를 떨고 맛있는 음식을
먹기도 하고 가슴 깊이 따뜻함을 전해주는 술로
매일을 버티다 당신의 받지 않는 휴대폰으로 전활 걸어
나 오늘도 당신을 생각합니다.
말을 해보지만 그 어떤 것도 나를 채울 수 없다는 것을
진작 알아버렸습니다.
나의 문자 메시지는 받아보았을까요.
"비가와요 당신이 비 오는 날 우산을 잘 쓰지 않았잖아요.
오늘은 꼭 우산을 챙기세요."

"뉴스에서 힘들게 일하는 사람들을 보았어요.

당신 다치치 않게 조심하세요."

나는 이렇게 매일을 이런 얘기들 전해주고 싶은데

당신은 아직도 나의 당신이기에 챙겨주고 싶은데

당신은 헤어진 이후 단 한 번도 뒤돌아 봐주지 않았습니다.

그사이 나는 참 많은 생각을 하는 사람이 되었어요.

상대방이 상처 받는걸 모르고 속내를 다 털어놓아서

맘 아프게 하는 그런 것들도 많이 고쳤고

연인과 권태기에 빠진 친구에게 조언을 해줄 만큼

여유로운 사람이 되었어요.

물론 힘들어하는 내 모습에 '사랑'이라며

다가오는 사람도 있었지만

그 누구도 내 맘 한구석에 들어올 수는 없었어요.

아직 당신이 내게 머물기 때문입니다.

나는 오늘도 상상으로 아침을 엽니다.

나를 변화시켜 준 유일한 당신을 만나러 가는 내가 언제쯤

먼발치에서나마 당신 얼굴 보고 돌아올 수 있을까요.

언제쯤 이 상상이 깨어질까요.

매일 눈을 떴을 때 너를 볼 수 있길 바래.　— 첨밀밀

사랑 받고 싶어요

여러 해 동안 나는 굶주려왔어요.
드디어 허기를 달랠 그날이 왔군요.
떨리는 마음으로 나는 식탁으로 다가가
호기심 어린 손길로 포도주에 손을 댑니다.

풍요로움을 누린다는 것은 바랄 수도 없던 시절,
입맛을 다시며
굶주리고 외로운 마음으로 창문을 들여다보면
그곳에 놓여 있던 식탁이 바로 이와 같았어요.

큼지막한 빵은 모르고 살았어요.
자연의 식탁에서
새들과 자주 나눠먹던

빵 부스러기와는 너무나도 다르군요.

풍요로움이 내 마음을 아프게 합니다.
너무나 새로워서 자꾸 낯설고 어색하게 느껴져요.
깊은 산속 덤불에 피었던 산딸기가
잔디밭 근처로 옮겨 심어진 것처럼.

이젠 허기도 느껴지지 않아요.
결국 허기란 창밖에 있는 사람들이나 느끼는
감정일 뿐이란 걸 깨닫게 됩니다.
창문 안으로 들어가고 나면 사라지고 마는군요.

─에밀리 디킨슨

사랑합니다. 가슴 저미는 이 말을 하고 싶었지만
차마 뱉어내지 못합니다. 지금 서 있는 자리에서
더 멀어질까봐 차마 이 말을 못하겠습니다.
허락된 공간은 내 마음의 밀실(密室) 그곳에서만 의미를
가질 수 있는 이 말을 깊이 새겨봅니다.
사랑합니다. 밤새도록 그리운 맘이 서성였지만 차마
이 말을 던져보진 못합니다.
행여 그대가 생각하는 나와 당신의 사이에 그어진 선을
넘을 넘을까봐 사랑한단 말은 못하겠습니다.
아주 조금이라도 날 생각하고 있다면 사랑한단 말을
건넬 수 있도록 당신의 마음을 열어주십시오.

내가 할 수 있는 일은 최선을 다하겠습니다.
— 록키

5월의 노래

오오 눈부셔라
자연의 빛
해는 빛나고
들은 웃고 있네.

나뭇가지마다
꽃은 피어나고
떨기 속에서는
새의 지저귐.

넘쳐 터지는
이 가슴의 기쁨
대지여 태양이여

행복이여 환희여.

사랑이여 사랑이여
저 산과 산에 걸린
아침 구름과 같은
금빛 아름다움.

그 크나큰 은혜는
신선한 들에
꽃 위에 그리고
한가로운 땅에 넘치네.

소녀여 소녀여
나는 너를 사랑한다.
오오 반짝이는 네 눈동자
나는 너를 사랑한다.

종달새는 노래와

산들바람을 사랑하고
아침에 핀 꽃이
향긋한 공기를 사랑하는 것처럼.

뜨거운 피 요동치네
나는 너를 사랑한다.
너는 내게 청춘과 기쁨과 용기를 부어주렴.

새로운 노래로
춤으로 나를 몰고 가니
그대여 영원히 행복하여라
나를 향한 사람과 더불어.

―J. 괴테

당신은 나를 더 나은 남자가 되게끔 하고 있어요. ―이보다 더 좋을 수 없다

눈이 부실만큼 아름다워 감히 그대를 바라보지 못합니다.

가느다랗게 실눈을 떠 어떻게든 그대를 보려하지만 감히

그대를 보지 못합니다.

너무나도 아름다워 보는 이의 탄성을 자아내지만

그 어떤 벅찬 감동으로도

그대의 정확한 자태를 드러내지 못합니다.

미련스럽게도 그대를 바라보고 있지만 그대가 나를 봐줄

거라고는 생각지 않습니다.

그냥 단지 그대가 좋을 뿐입니다.

그대에게 닿을 것이라는 기대도 하지 않습니다.

헛된 노력을 하기보다 그대를 바라보면서 행복해 하렵니다.

그대가 나에게 주는 환함을 그대가 나에게 보내주는

따스함을 즐기렵니다.

그래도 감히 아주 작게 나만이 들을 수 있는 목소리로 고백합니다.

"당신을 사랑합니다."

아, 연인이여, 우리 서둘러요

아 연인이여, 서둘러요
우리가 시간이 있을 때,
머뭇거리는 것은
우리 두 사람에게 손해예요

고귀하고 아름다운 선물은
한발 한발 재촉하며 달아나 버려요
우리가 소유하고 있는 모든 것은
사라질 수밖에 없는 거예요

붉은 뺨은 창백해지고
검은 머리칼은 회색이 돼요
이글대던 눈은 빛을 잃고

불같은 열정은 얼음처럼 차갑게 변해버리는 걸요

산호처럼 붉고 작은 입술은
탄력을 잃게 되어요
눈처럼 희던 두 손은 거칠어가요
그러면 그대는 늙게 되는 거예요

그래요 덧없이 질주하는 세월에
순종하느니보다는
이제 우리 늦기 전에
싱싱한 젊음을 즐겨봐요

그대 자신을 스스로 사랑하듯
그렇게 나를 사랑해 주어요
그대가 내게 사랑을 준다면
나 또한 그대에게 내 사랑을 드릴께요

―M. 오피쯔

Love 사랑 Letter

사랑은 아프게 하기 위해서도 존재합니다

사랑이 그대를 손짓하여 부르거든
따르십시오.

비록 그 길이 어렵고 험하다 해도
사랑의 날개가 그대를 품을 때에는
몸을 맡기십시오.

비록 사랑의 날개 속에 숨은 아픔이
그대에게 상처를 준다해도
사랑이 그대에게 말하거든 그를 믿으십시오.

비록 사랑의 목소리가 그대의 꿈을
모조리 깨뜨려 놓을지라도....

왜냐하면
사랑은 그대에게 영광의
왕관을 씌워 주지만 또한
그대를 십자가에 못 박는 일도
주저하지 않기 때문입니다.

사랑은 그대의 성숙을 위해 존재하지만
그대를 아프게 하기 위해서도 존재한답니다.

사랑은 햇빛에 떨고 있는
그대의 가장 연한 가지들을 어루만져 주지만
또한 그대의 뿌리를 흔들어대기도 한답니다.

그녀는 부족한 나를 가득 채워주는 느낌입니다.
그녀와 함께 있으면 내 삶은 영화보다 더 아름답습니다.
─브래드 피트

당신이 앉아 쉬는 벤치에 그늘이 되어주고

당신이 책을 읽는 도서관의 앉을 수 있는 의자가 되어주고

당신이 땀을 흘리면 땀을 닦을 수 있게 손수건이 되어주고

당신이 힘이 들 때에 든든한 친구가 되어 주고

그렇게 나는 당신이 보이는 곳에 매일같이 기다립니다.

나에게 당신이라는 존재는 항상 지켜볼 수만 있어도 행복합니다.

지켜만 보아도 하나의 행복한 추억이 됩니다.

당신이 보이는 곳에는 언제나 나라는 존재가

함께였으면 좋겠습니다.

순이는 나의 신발 한쪽과 같다
그녀가 없는 것은 신발 한쪽을 잃고 걸어가는 것이다.
― 우디 앨런

비밀

그녀는 말 한마디 못 했어요
염탐꾼이 너무 많이 깨어 있었으니까요
난 그냥 수줍어하며 그녀 눈빛에 물어 보았어요
그 눈빛 말 한 것을 간신히 알아들었어요
난 조용히 그대의 아늑함으로 다가가고 있어요
너, 아름다운 잎사귀로 덮인 밤나무 덩굴이여
그대의 초록색 표피 안에 사랑하는 이들을 숨겨 주어요
이 세상의 눈을 피해!

어지러운 바람 소리와 함께 저 멀리서
하루의 일과가 시작되네요
쏴쏴 불어 대는 바람 소리에 실려
난 묵직한 쇠망치의 두드림을 의식해요

사람들은 아주 귀찮은 듯 가혹한 하늘로부터
낡은 밧줄을 낚아채네요
신들의 품속에서 쉽게 얻어낸
행복이 내려오네요

사랑이 얼마나 참된지 얼마나 우릴 복되게 하는지를
사람들은 전혀 들어 본 적이 없을 거예요!
그들은 스스로 환희에 젖어 본 적이 없어요
그들은 기쁨을 방해할 뿐이에요
이 세상은 결코 행운을 허락지 않아요
그것은 노획물로 획득됐을 뿐이에요
악의가 그대를 엄습하기 전에
그대는 그것을 훔치거나 빼앗아야만 해요

행복은 살금살금 발끝으로 걸어와요
행복은 살금살금 발끝으로 걸어와요
그리고는 빠른 걸음 달아나요
배신자의 눈동자가 깜박이는 곳으로

오, 그대 부드러운 샘이여,
거대한 폭풍우가 우리의 둘레를 맴돌아요
솟구치는 파도로 위협해요
이 성역을 지켜 주오!

—F. 쉴러

난 평생 존 F. 케네디를 잊을 수 없었어요.
그를 사랑해서가 한가지 이유고,
그에게 더 잘해주지 못해서가 다른 한가지 이유에요
여러가지 이유로, 그는 내마음속에 아직 살아 있어요.
—재클린 케네디 오나시스

얼마를 사랑해야, 얼마를 더 사랑해야
나는 당신에게 다가갈 수 있는 사람으로 남을 수 있는 건가요.
가슴속에 그려지는 당신의 모습을 그런 당신을 아직까지도
사랑해야 사랑할 수 있고 사랑받을 수 있는 이런 나의 사랑을
얼마나 아끼고 사랑 할 수 있을까요.
진정한 사랑, 아직까지 난 진정한 사랑이 어떤 색인지
모르기에 어떤 색으로 나의 마음속에 남아 비추어 지는지
모르기에 당신을 사랑 할 수도 미워할 수도 없는
아직까지 나에겐 슬픈 사랑 아직도 눈물로 그 색을 찾아가며
당신의 사랑에 다가가려 하고 있는데
진정 사랑해서 다가갈 수 있는 사람이라면 진정으로 사랑해서
찾을 수 있는 색이라면 이젠 정말 나에게 아름다운 사랑의
색으로 다가와 더 이상 내겐 사랑이 슬프게 남지 않게
더 이상 슬픈 눈으로 당신을 바라보지 않게 지켜주세요.
그런 사랑으로, 그럴 수 있는 사랑으로

연인이기 이전에

연인이기 이전에
가슴을 열어놓고 만날 수 있는
친구였으면 좋겠습니다.

사소한 오해들로
상처받지 않고 등 돌리지 않고
그렇게 오랜 시간동안 함께 할 수 있는
친구였으면 좋겠습니다.

연인이기 이전에
같은 눈으로 세상을 바라보는
좋은 동료였으면 좋겠습니다.

서로가 작은 꿈 하나씩을 가슴에 묻고
그 꿈의 성취를 위해
함께 노력할 수 있는
좋은 동료였으면 좋겠습니다.

연인이기 이전에
서로가 홀로 설 수 있는
사람들이었으면 좋겠습니다.

사랑 안에서 무엇인가를
기대하기보다는
그 사랑을 위해 아낌없이 베풀 수 있는
마음이 넉넉한 사람들이면 좋겠습니다.

그렇게 연인이기 이전에 우리
사랑의 소중함을 아는
사람들이면 정말 좋겠습니다.

이름 없는 들꽃을 아끼는 마음으로

서로의 영혼을 감싸 안을 줄 아는

가슴이 따뜻한 우리였으면 정말 좋겠습니다.

있잖아요. 첫눈에 반한 다는 말 믿으세요?
아니면 이런 건 어때요?
누군가를 본 순간, 그 사람이 나에 대해 잘 모른다 하더라도
조금만 알게 된다면...
내 인생의 행복한 순간을 함께 해줄 거라는 믿음 말이예요.
— 당신이 잠든 사이에

당신이 웃는 모습을 보았습니다.

당신이 다른 누군가의 손을 잡고 달리는 모습도 보았습니다.

살며시 웃어주며 친절히 설명하는 그 모습,

카메라 렌즈 뒤로 그렇게 따라다니며 보았습니다.

저만치 멀리 있는 당신을 바라보고 또 바라봅니다.

바로 내 곁에 있는 것 같아 적어도 내 눈엔 당신 얼굴만

내게 웃어주고 말하고

그 목소리 들리지 않아도 이미 내 얼굴엔 웃음이,

그리곤 눈물이

나도 저렇게 잡아보고 싶고 나도 저렇게 친절히

듣고 싶고 그렇게 함께 웃고 싶고

그래도 오늘 하루 당신을 내 곁에 하루 당신을 내 곁에

가까이 또는 멀리 내 마음대로 보고 싶은대로

원 없이 봤던 오늘이었습니다.

가장 불행한 것은 사랑을 이해하지 못하는 것이다.

상자 속에 숨기고 싶은 그리움

그 누구에게도
보이고 싶지 않은
어느 햇살에게도
들키고 싶지 않은
그런 사람이 있습니다.

내 안에서만 머물게
하고 싶은
사람이 있습니다.

바람 같은 자유와
동심 같은
호기심을 빼앗고 싶은

그런 사람이 있습니다.

내게만 그리움을 주고
내게만 꿈을 키우고
내 눈 속 에만 담고픈
어느 누구에게도 보이고 싶지 않은
그런 사람이 있습니다.

내 눈을 슬프게 하는
사람이 있습니다.
내 마음을 작게 만드는
사람이 있습니다.

그 사람만을 담기에도
벅찬 욕심 많은
내가 있습니다.

—한용운

당신을 처음 보았을 때 당신의 거만함에 고개를 저었어요.

어느 샌가 안보이면 궁금하고 만나게 되면 가슴이 쿵하고 울리더군요.

그제야 알게 되었어요. 좋아하고 있다는 사실을, 또 한 가지 당신은 다른 곳을 보고 있다는 사실을... 매일같이 당신의 주위를 서성거렸죠.

혹시나 하는 마음에 하지만 내가 들어갈 자리는 어디에도 없었어요.

그래서 결심했죠. 포기하겠다고 그냥 지나가는 바람일거라며 내 자신을 달래면서 체념하게 되었지요.

그런데 그럴수록 '이런 게 사랑인가?' 생각해요. 사랑하는 사람이 행복했음 하는 바램 거짓말이 아니었어요. 날 바라봐주지 않아도 당신이 사랑하는 사람만나 행복해 하는 모습을 보면 난 그 누구보다 행복할 것 같아요. 날 사랑해 주지 않아도 당신이 아파할 때 그 누군가가 위로해 주길 바랄 때 기대고 싶어질 때, 술 한 잔 생각날 때 언제라도 날 찾아주면 달려갈 준비가 되어 있어요.

당신의 앞에서가 아닌 당신의 뒤에서 그럼 나는 세상에서 제일 행복한 사람이 될 거예요.

사랑이란, 자존심이 가장 먼저 무너지는 것이다.

말 없는 사랑

나뭇가지 끝, 그리고 돋아난 새싹 너머
빛 속으로 가요
누가 그것을 알 수 있을까요
누가 그것을 맞아들였을까요?
여러 생각에 잠겨
밤은 침묵하고 있는데
생각은 자유로워요

단 한 가지만 얘기해 봐요
누가 숲들의 속삭임 속에서
그것을 생각 했는지를요
날으는 구름이 아니라면
아무도 깨어나지 않는다면

내 사랑은 밤처럼

고요한 아름다움이에요

—J. 아이헨도르프

처음 빅토리아를 보았을 때는 눈부시게 예뻤습니다.
지금 아이를 안고 있는 그녀는 성스러워 보입니다.
사랑은 그 사람의 백가지 모습을 모두 아름답게 볼 줄 아는 마음이 아닐까요?

— 데이비드 베컴

책상 서랍 깊숙이
빛바랜 추억하나
녹은 습기가 곰팡내 설치도록
꿈쩍 않고 버텨
바스락대는 낙엽의 마름을 무상케하고
빈 나뭇가지에
마지막잎새가 된다.

눈시울 글썽이는 대지는
오신님 반가워서
흘리는 눈물인 듯
잊혀진 옛사랑이 아쉬워
흘리는 눈물인 듯
애잔함만 더하고
오늘은 또 몇 날들을 더 보내고
추억이라 말하려나

겨울을 업고 온 가을은

바람마저 외면하고
종종걸음 치는 나무는
동면준비에 기인 호흡으로
대롱 이는 잎사귀조차 겹다네

추억에 물기마저 마르는 날
내 심장은 멎어지고
마지막 잎사귀
그 너머로 이어지는
서랍안의 이야기는...

'나에게 최후까지 싸울용기와 의지가 있노라......'
　　— 김득구 선수의 일기 중에서

사랑에 빠진 나그네

내가 마차를 조용히 몰고 갈 무렵
그대 내게서 아주 멀리 있어요
마차가 나를 어디로 데려가든
나는 그대 곁에서 머물고 있어요

종달새는
숲들과 협곡
아름답고 깊은 골짜기를
그대의 목소리처럼 크게 외치고 있어요

햇살은 즐겁게 반짝이고
멀리 대지 위를 비춰 주어요
그러면 나는 내 가슴 속 나직하게 노래부르며

기쁜 눈물을 흘리고 있어요

햇살이 산 아래로 넘어갈 무렵이면
우편마차의 나팔 소리가 대지 위에 퍼지네요
나의 영혼은 갑자기 생기가 넘쳐
그대에게 진심으로 인사를 보내고 있어요

내가 어두운 골목길을 지나며
이 집 저 집을 지나칠 때
왜 이처럼 모든 것이 침울해 보이는지
난 그 이유를 아직 몰라요

숱한 연인들이 지나가네요
모두가 즐거운 표정으로
웃고 서로 쳐다보며 지나가네요
그러나 그것이 내게 무슨 의미가 있겠어요

이따금 푸르스름한 줄무늬 빛이

지붕 위로 달아나는 것을 볼 때면
바깥의 햇살은 출렁이고
구름은 하늘가에 몰려들어요

즐겁게 이야기를 나누면서도
눈동자엔 눈물이 고여요
나를 진정으로 사랑하는 그들이
모두 이곳에서 너무도 멀리 떠나 있기 때문이에요

─J. 아이헨도르프

너에게 이 세상 가득히 있는 모든 것을 가르쳐 주고 싶다.
─미라클 워커

당신 생각으로 하루를 시작하고 하루를 마무리 하는데도
자꾸만 당신이 희미해집니다.
당신이 내 눈을 당신 앞에 돌려놓은 그 순간부터 난 줄곧 당신을
보고 있는데 어느 샌가 내 앞엔 아무도 없군요.
나는 당신을 바라보는 것이 당신을 내 맘에 넣는 것이 많이 힘들었어요.
이것이 사랑인지 무엇인지 그렇게 생각하는 사이 나도 모르게 당신을
보고 있었는데 한참을 그렇게 마주보다 갑자기 당신이 보이지 않아요.
맘에 넣는 것이 힘들었던 만큼 내 눈을 다시 돌리기도 난 너무
힘이 드는데 그렇게 아무렇지도 않게 살아가는 당신을 난 도무지
알 수가 없습니다.
그렇게 사람 맘이 당신에게 쉬운 건지 사랑하는 것도 지우는 것도
늦은 내가 잘못인건지 너무나 힘이 듭니다.
그래도 바보같이 여전히 당신이 그립습니다.

주머니속 사랑

미워할 수 없다는 걸 알면서도
미워지는 한 사람이 있습니다.

의지대로 안 되는 걸 알면서도
의지대로 하고픈 사람이 있습니다.

하루 열두 번 맘 바뀌는 걸 알면서도
그 맘 모른 척 기다려지는 한 사람이 있습니다.

전화 한 통에 무너지고
그 목소리 한 번에 눈물나는 사람이 있습니다.

마주 앉은 것만으로 행복하고

서로의 눈빛을 보는 것만으로도
즐거운 사람이 있습니다.

내 것으로 허락한다면
누구보다 더 아껴 주고 싶은
한 사람이 있습니다.

깨어있는 꿈으로도 꿈꿔지고
잠들어 있는 꿈으로도 소망하고픈
한 사람이 있습니다.

어딜 가든 주머니 속사랑 이고픈,
그렇게 가까이 두고픈 사람이 있습니다.

사랑의 기다림은 시간이 지날수록 짜증나지만 세월이 흐를수록 값져진다.

이별

내 마음 물들이는 그대의 사랑

내 마음속에 늘
살아 있는 너
나의 시선과 모든 감각의 끝은
너를 향해 있다

나는
너를 바라보고 살고 있다

너를 생각하고 너를 사랑하면
나에게는 희망이 다가오고
세상 모든 것이 다 내 것이 된다

내 마음속에서 눈빛 스치며

웃고 있는 너를 못 견디게
못 견디게 그리워하며
가슴 아파하기 보다는 사랑받기를 원한다

너를 사랑하지 못하면 내 마음은
자꾸만 자꾸만 작아지고
초라해져서 살아갈 용기가 나지 않는다

내 짙은 그리움으로
사랑하지 못하면
어디를 떠나도 갈 곳이 없다

사랑을 받지 못하면
캄캄한 어둠 속으로
빠져 들어가는 것만 같다

나는 내 마음을 물들이는 그대의 사랑을 받고 싶다

— 용혜원

그와 내가 나눴던 게 사랑이라는 것을 그때는 알지 못했습니다.
아니 어렴풋이 알고 있었으면서도 그 사랑을 외면했습니다.
난 두 개의 사랑을 갖고 있었습니다.
하나를 담아두기에도 벅찬 작은 가슴에 두 개의 사랑을 담아두고
매일을 힘겨워했습니다.
그러다가 한사람을 선택했고 그와 결혼했습니다.
내가 선택한 결혼생활이라 자신 있었고 잘 해나 갈수 있으리라
생각했습니다.
하지만 그와의 오랜 추억과 시간들 속에 나도 모르게 길들여져
있었나 봅니다. 조금만 삶에 힘들고 어려워도 자꾸만 그를 생각합니다.
이제는 어쩔 수도 없는데 자꾸만 그를 생각하며 가슴 아파합니다.
내가 그를 져버렸을 때 그는 지금의 나보다 더 간절했을 텐데
그래서 난 지금 벌 받고 있나봅니다.
그의 행복을 빌어줘야 하건만 내 이기적인 맘은 아직도 그가 나를
봐줄 것을 기대하고 있나봅니다.

애너벨 리

오랜 아주 오랜 옛날
바닷가 어느 왕국에
여러분이 모르는 소녀
애너벨 리가 살고 있었습니다
그 소녀는 나만을 생각했고 나만을 사랑했지요
그리고 내게 사랑받기를 원했답니다

그녀는 아이였고 나 또한 아이였습니다
그러나 바닷가 이 왕국 안에서
나와 애너벨 리는
그 어떤 사랑과 비길데 없이 깊이 사랑하였답니다
하늘에 사는 천사들조차
시샘할 정도로 우리는 사랑했었답니다

분명 그 사랑 때문에 오랜 옛날
바닷가 이 왕국에는
어느 날 밤, 구름에서 한 줄기 바람이 불어 와
나의 애너벨 리를 싸늘하게 했답니다
그녀의 신분 높은 친척들이 찾아와
내게서 그녀를 데려가고 말았습니다
그래서 바닷가 이 왕국에 자리한
어느 무덤에 장사지낸 것이랍니다.

천상에서도 우리만큼 행복치 못한 천사들이
그녀와 나를 시샘했기 때문이랍니다.

—E. 포우

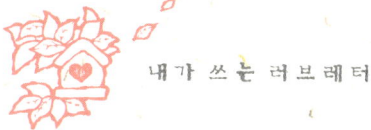
헤어짐이란 돌이킬 수 없다는 것을 몰랐습니다.
사랑은 한 순간이라고만 생각했습니다.
그랬기에 날 바라보는 그대를 버릴 수 있었습니다.
그랬기에 그 눈빛을 뿌리 칠 수 있었습니다.
날 바라보던 눈이 돌아왔습니다.
그 눈이 너무 그리웠기에 쳐다보려했습니다.
그러나 이미 눈의 떨림은 사라져 있었습니다.
장난기 가득한것도 내 이름 부르는 목소리도 그대로인데
그 눈의 떨림은 사라져있었습니다.
이미 그의 사랑은 떠났는데 난 그의 떨리는 눈이
되어있었습니다. 그리고 그가 나의 눈을 알아차린 순간
그는 없었습니다.
사랑이 떠난 후엔 돌이킬 수 없는 것이 되었습니다.

인생은 쇼에요. 사랑은 이 쇼의 클라이맥스죠.
돈이나 명예나 성공과는 비교하지도 못할 만큼 소중한 사랑을
내 두 아이와 남편에게 주고 싶어요.
— 마돈나

가지 않은 길

노란 숲속에 두 갈래 길이 있었지요
안타깝게도 나는 두 길을 한꺼번에 갈 수 없는
한 사람의 나그네였지요. 그래서 오랫동안 서서
한 길이 덤불 속으로 꺾여든 데까지
바라볼 수 있는껏 바라보고 있었지요.

그러다가 아름다운 다른 길을 택했지요
그럴 만한 이유는 있었습니다. 거기에는
풀이 더 우거지고 밟힌 자취가 적었습니다. 하지만
결국 그 길을 걸음으로 해서
그 길로 거의 같아질지도 모릅니다.

그 날 아침 두 길에는 아무에게도
더럽혀지지 않은 낙엽이 덮여 있었습니다.
아, 나는 뒷날을 위해 한 길은 남겨 두었지요.
하지만 같은 길은 이어져 끝이 없으니
내가 다시 돌아올 일은 의심스러웠습니다.

먼 훗날 나는 어디에선가
한숨을 쉬며 이 이야기를 하겠지.
숲속에 두 갈래 길이 갈라져 있었지
나는 사람이 덜 다니는 길을 택했지
그 일로 모든 것이 달라졌지 라고.

—R. 프로스트

사랑이란, 추억이란 영혼의 스크린에 남는 감성의 메아리이다.

잘 다듬어진 미니공원 이름 모를 나무아래
여름 끝자락에 매달린 모기 때가 부산하다

숭숭한 모시적삼 살갗으로 스치는 바람은
작년 이맘때 먼저 간 옆치기의 식어버린 손길을 실어오고
무섭게 찾아 들던 땡볕도 한숨 돌렸나보다

여름 볕에 영그느라 진땀범벅이든 사과는
제 할 일 다 했노라고 가을볕에 취해있고

부시도록 아름다웠던 청춘은 아들놈 출셋길에 뿌려두고
그 아들놈의 아들생각에 설탕거품 한 아름에 취하였네.

쏟아질 듯 담긴 하늘빛에 몸 담그고
아들놈 씻겨내고 그 아들놈의 아들 씻긴다고
가을 노파의 맵시는 모과향이 대신하고
삶에 무게에 눌린 눈꺼풀 그 동공 안으로
회한의 뒤안길이 뜨겁게 흐른다.

내 사랑은 그곳에서 아름다워라

내 사랑은 거기에
장미와 은방울꽃이 어우러진
접시꽃이 자라는
자그맣고 아름다운 정원 안에 있어요

내 자그만 한 정원은 아주 아름다운
갖가지 꽃들이 갖춰져 있어요
그리고 그 정원은 밤낮으로
사랑하는 사람이 지키고 있어요

아 아 슬퍼라, 이 정원은 부드러운 나이팅게일
새 만큼은 부드럽지 못해요
그 새는 아침에 낭랑하게 노래 부르고

지치면 그냥 노래를 멈춘답니다.

나는 어느 날 그 새가 푸른 초장에서
바이올렛 꽃을 따는 걸 보았어요
새는 정말 우연스럽게도
나에겐 너무나도 아름다워 보였어요

나는 새의 모습을 바라 보았어요
새의 모습은 우유처럼 하얀 피부에
어린양처럼 온순하고
장미 빛처럼 발그레 수줍음을 띠고 있었어요.

─샤를 도를레앙

로렌스 올리비에가 없는 긴 생을 사느니 그와 함께 하는 짧은 생을
택하겠어요. 그가 없으면, 사랑도 없으니까요.
─비비안 리

비가 오고 있습니다.

하늘은 푸른데도 제 마음은 자꾸만 젖어 듭니다.

그 비를, 잠시 지나가는 소나기라 생각했습니다.

그랬기에 우산도 없는 길을 걸어갔습니다.

계속 비가 오고 있습니다.

일년 365일. 그렇게 계속 비가 내리고 있습니다.

이러다 그 비에서 벗어날 수 없을 것만 같습니다.

비에 적셔진 내 마음은 마르지 않을 것 같은데

이젠 어떡해야 하죠.

비가 그칠 때도 된 것 같은데 여전히 비는 그치지 않고 있습니다.

이대로 겨울이 다가온다면 난 차갑게 얼겠죠.

봄이 오면 얼어있을 내 마음 녹아들 수 있을는지

이제 그만 그쳐주었으면 합니다.

잠시라도 좋으니 이제 그만 비가 그쳐주었으면 합니다.

내겐 너무도 소중한 사랑

그대는
내겐 너무도 소중한 사랑이랍니다
내겐 너무도 간절한 그리움이랍니다
한 때는 그대 품에 안기고 싶은
욕심도 있었습니다.

한 때는
그대 곁에 영원히 머무르고 싶은
바람도 가졌었습니다

그러나
이제는 그대를 위하여
나의 욕심들을 하나씩 버려가고 있습니다
자유로이 그대를 보내드리기 위해
나의 바람들을 조금씩 지워가고 있습니다

밤마다 뜨건 눈물로 지새우지만
그대는
나에게 너무도 소중한 사랑이기에
혹여라도
떠나시는 그대 마음에 부담이 될까봐
나는 나의 집착을 기꺼이 버립니다

먼 훗날 그대가 나를
아주 잊으신다 하여도
나는 후회하지 않을 것입니다
먼 훗날 그대가 나를
기억조차 못 하신다 하여도
나는 결코 그대를
원망하지 않으렵니다

그만큼 그대는
나에게
너무도 소중한 사랑이기 때문입니다

─ 장세희

사랑을 가진 당신도 힘든가요?

살고 싶은데 같이 살지 못하는 아픔때문인가요?

혼자 남아야 할 외로움 때문인가요?

그래도 당신은 나보다 괜찮습니다.

난 사랑을 잃어버렸거든요.

내 오래된 사랑을 당신이 가져갔거든요.

사랑을 잃어버린 내 모습은 흑장미보다 더 짙은

피투성이입니다.

당신과 나 가진 자와 잃은 자가 되었습니다.

당신이 부럽습니다. 만나지 못하니 더욱 보고 싶어 하는

사람이 있으니 당신이 부럽습니다.

평생 가슴에 담아 그리워하며 살 사람을 가졌으니

멀리 걸어가고 있는 모습만 보여도 동료들과 차한잔 하는

모습, 먼 산 바라보며 혼자 있는 모습만 보여도 애틋해 하고

가슴 찡해하는 그런 사랑을 가졌으니 당신은 좋겠습니다.

내가 가진것은 껍데기뿐인데

그래도 좋으니 같이만 있었으면 좋겠습니다.

현실 속으로 묻혀버린 당신의 초라한 사랑. 등 뒤에서

숨어하는 당신의 가여운 사랑.

사랑이 그런 건가요?

아닌 줄 알면서 시작하는 것 난 이제 알았습니다.

그런 사랑으로 마음 떠난 사람 잡고 있는 것이

보내는 것보다 더 힘들다는 것을

그런 사랑 옆에 두고 잊겠다 한숨소리 내 품는 모습 보는 것이

보내는 것 보다 더 힘들다는 것을 말이죠.

나는 그녀의 뒷줄에서 있었고, 그녀는 내가 세상에서 본 가장
아름다운 창조물이라고 생각했다.

— 에단 호크

그대 사랑 안에서 쉬고 싶습니다

그대의 사랑 안에서 쉬고 싶습니다.
그대가 전해주는
사랑의 눈빛 하나
의지하고 편히 쉬고 싶습니다.

이제 나 그대를 만났으니
무거운 짐 내려놓고
그대의 사랑 안에서 쉬고 싶습니다.

그대의 사랑 안에서 쉬고 싶습니다.
그대 입술의 따뜻한 말 한마디
의지하고
편히 쉬고 싶습니다.

지난날들은 너무나 차가웠습니다.
이제 나 그대를 만났으니
차가운
말들은 다 묻어 버리고
그대의 사랑 안에서 쉬고 싶습니다.

그대의 사랑 안에서 쉬고 싶습니다.
그대가 내미는 손길 하나
의지하고
편히 쉬고 싶습니다.

지난날들은 너무 외로웠습니다.
이제 나 그대를 만나
외로움이 사라졌으니
그대의 사랑 안에서 쉬고 싶습니다.

그대의 사랑 안에서 쉬고 싶습니다.
그대가 전해준 장미 한 송이

앞에 두고
편히 쉬고 싶습니다.

지나간 날들은 너무나 우울했습니다.
이제 나 그대를 만나 장미처럼
화사해졌으니
그대의 사랑 안에서 쉬고 싶습니다.

그대의 사랑 안에서 쉬고 싶습니다.
그대가 밝혀 준 촛불 하나
의지하고
편히 쉬고 싶습니다.

이제 나 그대를 만나 작은 불빛하나
가슴에 밝혔으니
그대의
사랑 안에서 쉬고 싶습니다.

그대의 사랑 안에서 쉬고 싶습니다.
그대가 불러 준 내 이름 석 자
의지하고
편히 쉬고 싶습니다.

지난날들은 너무나 부끄러웠습니다.
이제 나 그대를 만나 내 이름
귀해졌으니 그대의
사랑 안에서 쉬고 싶습니다.

당신을 파멸시키기 보다는 차라리 당신을 잃겠어요.
— 마리아스 러버

그대가 미워지려 합니다.

너무 그리워서

그대를 원망하려 합니다.

너무 보고파서

그대 때문에 사랑을 버리려합니다.

너무 아파서

이제는 사랑 같은 거 하지 않으렵니다.

또 누군가를 그리워하게 될 테니까요.

사랑이란, 나의 하나를 우리의 둘로 나누는 것이다.

당신이 누구시기에

당신이 누구시기에
가슴에 묻어 둔 말
한마디도 못하는 침묵으로
살게 하십니까.

당신이 누구시기에
바라만 보고 살아도 좋은데
바라 봐서는 안 되는
눈 뜬 장님으로 살게 하십니까.

당신이 누구시기에
거미줄처럼 쳐 놓은
당신의 올무에 걸린 체념으로
살게 하십니까.

당신이 누구시기에
벗어나려 하면 할수록
어둠으로 감싸서
당신의 그늘에서만 살아야 하는
그림자로 살게 하십니까.

당신이 누구시기에
이렇게 오래도록 혼자 남아서
당신의 하늘 아래 떠도는 바람으로
살게 하십니까.

당신이 누구시기에
돌아갈 곳도 없는
떠돌이 바람 같은 영혼으로
나를 얼마나 더
살게 하렵니까.

당신이 누구시기에.

— 에트랑제

내 맘속에는 무덤하나가 있습니다.

누가 죽어서도 아니고 누굴 미워서도 아닙니다.

내가 사랑하는 사람, 그 한 사람을 난 가슴속에 묻고

그렇게 살아갑니다.

그 사람을 잊어버리지 않기 위해 그러기 위해 언젠가는

다시 그 무덤을 파헤쳐서

다시 그 사람의 기억을 살릴 수 있기 위해.

내 사람을 잊지 않기 위해 내 맘속에 무덤을

다시 열어볼 수 있는 그런 날만 기다리며

내가 사랑하는 한사람을 가슴속에 묻어둡니다.

그리고 사랑한다고 말하고 싶습니다.

그 무덤을 다시 열 수 있는 그날을 위해서입니다.

사랑이란 결코 미안하다는 말을 해서는 안 되는 거예요.
— 러브스토리

행복한 사랑은 없다

인간에게 주어진 것은 결코 아무 것도 없어요, 힘도
약함도, 미움도 그 아무 것도 없어요 그리고 인간이 팔을
벌렸다고 생각할 때 그의 그림자는 십자가이며
인간이 행복을 잡았다고 믿었을 때 그는 자신의
행복을 부수어 버려요
삶은 이상하고 고통스러운 모순의 덩이죠
행복한 사랑은 없어요

인간의 삶, 그 삶은 무기 없는 병사를 닮았어요
다른 운명을 위해 옷을 입었어요
아침에 일어나는 것이 그들에게 무슨 소용이겠어요
저녁에 불확실하게 무장 해제된 채 발견된 그들은
이 말들을 한다오. 나의 삶, 그리고 당신들의

눈물을 거두시오 라고
행복한 사랑은 없어요

나의 아름다운 사랑, 나의 친근한 사랑, 나의 상처여
나는 그대를 상처 입은 새처럼 내 마음에 간직하지요
그리고 저들은 알지도 못하면서 내가 엮은 말들을
나를 따라 반복하면서 우리가 지나가는 것을 보고 있어요
그리고 그대의 커다란 눈에서 모든 것은 사라질 테지요
행복한 사랑은 없어요

사는 법을 배우기에는 이미 너무 늦은 시간이군요
밤에 일치된 우리들의 마음은 무엇 때문에 올까요
아주 하찮은 노래를 위해 불행을 필요로 하는 것
추위를 견디기 위해 후회를 필요로 하는 것
기타의 곡조를 위해 흐느낌을 필요로 하는 것이에요
행복한 사랑은 없어요

고통이 없는 사랑은 없어요

상처 없는 사랑은 없어요
절망 없는 사랑은 없어요

그리고 그대 보다 조국을 더 사랑하지 않으며
눈물로 살아가지 않는 사랑은 없어요
행복한 사랑은 없어요
하지만 우리 두 사람은 사랑하고 있어요.

—루이 아라공

당신의 눈동자에 건배!!   —카사블랑카

동그라미 사랑

당신이 날 지켜 볼 때 난 당신을 알지 못했어요.
당신이 날 관심 가져 볼 때 당신을 알았어요.
당신이 날 좋아할 때 난 당신에게 관심을 가졌어요.
당신이 날 사랑할 때 난 당신을 좋아했어요.
당신이 날 떠날 때 난 당신을 사랑해버렸어요.
미안해요 당신보다 조금 더 빨리 알지 못해서
나도 당신처럼 좋아할 때 좋아하고 사랑할 때
사랑했어야 했는데.

언젠가 사랑이 돌고 돌아 다시 당신이
날 지켜볼 날이 오면
난 그제서야 이별을 하게 되겠죠.

하지만 너무 슬퍼하지 않을래요.
언젠간 또 돌고돌아 원점에서 만나 버릴테니까.

우리 사랑은요
헤어질래야 헤어질 수 없는
헤어지려고 돌아서면 원점에서 만나버리는
동그라미 사랑이니까요.

완전한 사랑은 가장 아름다운 욕구불만이다.
왜냐하면 그것은 인간의 표현 이상의 것을 요구하기 때문이다.
—방랑신사 찰리

사랑해서 미안합니다

얼마를 더 사랑해야 그대가 행복하겠습니까.
얼마를 더 기다려야 그대가 오신답니까.

여름날의 햇살이 하얗게 부서지는 백사장에서 하늘을 봅니다.
사랑해서 늘 미안한 마음이 나를 또 울게 만듭니다.
기다려서 늘 아픈 마음이 나를 또 뒷걸음질 치게 만듭니다.

그대를 사랑하면서 나는 왜 미안해야 합니까.
그대를 기다리면서 나는 왜 아파해야 합니까.

나보다 더 미안해하는 그대를 사랑해서 일까요.
나보다 더 아파하는 그대를 기다려서 일까요.

나의 좁은 어깨가 들썩입니다.
나의 작은 가슴이 흔들립니다.

그대를 부르는 초침소리는 지금도 여전히 째각이는데
텅 빈 가슴에 뜨거운 불꽃만이 끝없이 타오릅니다.

그대를 향해 흐르는 뿌듯한 사랑은 여전히 출렁이는데
텅 빈 내 뜨락엔 긴 외로움의 그림자만이 눈물 속에 젖습니다.

그대를 작은 내 사랑의 틀 속에 가두고 싶지 않습니다.
그대를 작은 내 가슴의 열꽃위에 앉혀두고 싶지 않습니다.

그대가 나로 인해 미안해지면 안되니까요.
그대가 나로 인해 아파하면 안되니까요.

내 가난한 대지에 한 점 바람으로 불어와
내 모든 것을 송두리째 흔들어버린 그대를 위해
이제는 상처 난 그대의 날개를 손질해 주고 싶습니다.

서로 미안해하지 않고도 아파하지 않고도
사랑을 위해서만 사랑할 수 있는 그곳으로
그대를 보내 드리고 싶습니다.

그대여
사랑해서 늘 미안합니다.

난 나대로의 할 일이 있고, 그대는 그대 나름의 할 일이 있기 때문에
세상에 존재하는 것이다. 그리고 우연히 우리가 서로 만난다면,
그건 멋진 일이 될 것이다.
— 페어 플레이

당신을 만나지 않았더라면

당신을 만나지 않았더라면
이렇게 그리워 애태우지 않아도 되었을 것을.

당신을 만나지 않았더라면
내 사랑을 잃을까 마음 조이지 않아도 되었을 것을.

당신을 만나지 않았더라면
이렇게 보고파 눈물 흘리지 않아도 되었을 것을.

당신을 만나지 않았더라면
그 사랑을 의심하는 어리석음도 없었을 것을.

당신을 만나지 않았더라면
함께 나누었던 행복 또한 알지 못했을 것을.

당신을 만나지 않았더라면...

그대를 기다리는 영원한 나무가 되고 싶을 뿐입니다.

단지 그저 단지 그대가 돌아서서 웃는 모습으로

나를 바라봐 줄 것 같아서

그대를 기다리는 영원한 나무가 되고 싶을 뿐입니다.

별님이 지나 햇님이 떠올라도

그대의 곁에는 한그루의 나무가 되어 있을 것입니다.

그대의 마음속에서 영원히 잠들고 싶을 뿐입니다.

단지 그저 그대 곁에서 떠나고 싶지 않아서

그대의 마음속에서 영원히 잠들고 싶을 뿐입니다.

약한 자여! 그대 이름은 여자 —햄릿

내 가슴속에서 떠나지 않는 사랑

그대를 만나는 순간부터
나는 헤어짐을 생각했기에
오랜 사랑을 기대하지 않았습니다

만나면 늘 아쉬움만 남아
텅 빈 공허함이 있었습니다

사랑은 그리움으로
꽃피우는 것입니다

사랑을 알기에 더 고독합니다
사랑할수록 더 고독합니다

그대를 만나면

비에 흠뻑 젖고 나서
햇살을 맞이하는
나무들처럼
내 마음이 변합니다

내가 그대를 사랑하는 것은
사랑의 기쁨을 알기 때문입니다

내 온몸이 뜨겁도록
그대를 그리워합니다

나는 그대를
결코 놓칠 수가 없습니다

그대는 내 가슴속에서
떠나지 않는 사랑입니다

―용혜원

Love 기다림 Letter

편지를 쓸래요

멀리 사랑하는 나의 연인에게
난 한 장의 편지를 써야 해요
그녀가 내게 요구했거든요
그녀는 편지 받기 좋아해요

난 곧장 문구점으로 달려가
잉크와 편지지를 사고
펜을 들고
책상 앞에 앉지요

우리가 서로 함께
즐거움을 나눌 때엔
우리 한 번도 편지 쓰는 것을

생각해 볼 수 없었어요

이제 와서 펜과 잉크
종이가 무슨 도움이 될까요!
내 영혼이 항상 그대 곁에 있음을
그대는 아시나요

—T. 슈토름

사랑받지 못한다는 것은 이 세상에서 가장 괴로운 것이다.
— 에덴의 동쪽

결코 다시는

추억이여, 추억이여, 넌 내게서 무엇을 원하는 거니? 가을은
조용한 대기를 통과하여 지바퀴 새가 날게 하고
태양은 북풍이 울부짖는 노랗게 물든 숲 위에 단조로운 햇살을
던지고 있는데

우리는 단 둘이 있었지, 꿈을 꾸듯 걷고 있었지
그녀와 나 바람결에 머리카락을 생각을 흩날리며 걷고 있었지
갑자기 그녀는 감동한 듯한 시선으로 나를 향해 돌아보며
생생한 금빛 목소리로 말했지 "그대의 가장 아름다운 날은
언제죠?"

감미롭고 낭랑하고 천사와 같은 신선한 음색의 그녀의 목소리
은근한 미소로 그녀에게 응답했지

그리고 나는 헌신적으로 그녀의 하얀 손에 입을 맞췄지

아! 처음 피는 꽃들, 그 꽃들의 향기는 정말로 아름답구나!
사랑하는 사람들의 입술에서 나오는 그 첫마디 "네"라는 말
은 얼마나 매혹적인 속삭임이람!

―뽈 베를렌드

사랑이란 게 처음부터 풍덩 빠져 버리는 건 줄만 알았지.
이렇게 서서히 물들어가는 것인 줄은 몰랐어.
―미술관 옆 동물원 중에서

잠들기 전에

잠들기 전에

그대 목소리 들었으면 좋겠습니다

혼자 사는 사람의 눈물을 닦아주는

그대 목소리에 젖어 잠들었으면 좋겠습니다

외로움의 힘으로 그대를 사랑한다고

눈물의 힘으로 그대를 붙잡고 싶다고

울먹이는 거머리의 사랑은 아닙니다

사랑할 수 없는 사람에게

잠들기 전, 전화 할 수 있다면

어둠처럼 쏟아지는 사랑을 잠재울 수 있을 것 같습니다

눈물 젖은 나를 지울 수 있을 것 같습니다

잠들기 전에

혼자 그대 마음 한가운데를 걸어가면

그대 음성과, 눈물과

그대의 옷자락을 나는 만질 수 있습니다

눈물이 나지만

그 눈물은 참을 수 있는 기쁨입니다

잠들기 전에

혼자 그대 중심에 별빛처럼 서면

사랑할 수 없는 사람도 사랑할 수 있을 것 같습니다

아침이 오기 전에

나는 그대 중심에 누워 잠들었으면 좋겠습니다

ㅡ이근대

사랑이란 상실이며 단념이다. 모든 것을 남에게 주어 버렸을때
사랑은 더욱 풍부해진다.
ㅡJ. 러스킨

삶에는 슬픈 일이 있기 마련이에요

장미에 가시가 있는 것처럼
삶에는 고통스런 일이 있게 마련이라오
가련한 마음이 아무리 그리워하며 노래한다해도
결국은 서로가 헤어질 수밖에 없는 것이랍니다
나는 언젠가 그대 눈에서
사랑과 행복의 빛이 발하고 있음을 읽었어요
안녕, 너무나 아름다웠던 나날이어라
안녕, 그런 날이 차라리 없었으면!

—J. 쇄펠

제 사랑은 5년 전 그대를 처음 만났을 때와 변함이 없습니다.

2년 6개월이라는 긴 시간을 군에 있을 때도 제 사랑은 변함이 없었고 제대후 1년 6개월이라는 긴 시간을 학창시절로 보내는 동안에도 제 사랑은 변함없었습니다. 그대의 차가운 눈빛에도, 냉정한 뒷모습에도 제 사랑은 변함없었습니다. 그대가 제 심장을 도려내는 듯한 아픈 말로 상처를 내도 제 사랑은 변함이 없었고 그대가 저 아닌 다른 사람에게 눈길을 두어도 제 사랑은 변함없었습니다. 그렇게 1년을 보내고 그렇게 5년 6개월을 보냈습니다.

그대 없이는 아무것도 할 수 없을 것 같기에 그대 없이는 제가 단 하루도 살아갈 수 없을 것 같기에 늘 조금만 참아 달라는 그대 말에 저 조금의 망설임도 없이 그러겠노라고 그대가 하라는 건 뭐든지 하겠노라고 그렇게 타들어가는 제 심장을 부여잡고 그대 앞에선 웃기만 했습니다.

하지만 이제 더 이상 웃지 못할 것 같습니다.

제 심장이 다 타들어가서 더 이상 웃음을 만들 수가 없을 것 같습니다.

제가 한발자국 다가서면 두발자국 물러서는 그대를 다가서도 뒷모습만 보이는 그대를 이제 그만 놓아드리려 합니다.

이제 더 이상 울지 마십시오.

그대의 그 눈물이 가슴 아파 여태껏 참으며 견뎌왔습니다.

이제 그대가 눈물 보이셔도 저 모른 척 할 겁니다.

더 이상 다가오지 않을 그대를 알기에 그대의 눈물도 이젠 모르는 척 할 겁니다. 이제 저에게 다른 사랑은 없습니다.

그대에게 준 제 사랑이 너무나 커 다른 이에게 줄 제 사랑이 없습니다. 다른 이에게 줄 제 심장이 이젠 없습니다.

누군가 당신의 뒷모습을 멀어질 때까지 바라보면...
그것은 당신이 옆에 있어 주기를 바라는 거예요.
— 하늘정원

죽도록 하나만을 바라는 마음

내 인생에 오직
하나의 꿈만이 있었네.

참으로 빛나는
아름다운 꿈이었네.

지금도 내 가슴속에
눈물처럼 남아있다네.

꿈결처럼 사랑하는 그대.
내안에 별빛처럼
아름다운 강물 흐르네.

나 매일 밤
두 손 모으고 싶네.

나 그대
행복만 바라고 싶네.

아 이제는
아픔속의 깊은 평화.

아 별빛 되어
내 가슴 머무르네.

인생은 늘 내게 가시밭길이지만
인생은 늘 내게 어둠터널이지만.

눈물처럼
그 가시길 걷는 내가 있고.

샘물처럼

내안의 아름다운 그대 있네.

죽도록 하나만을

바라는 마음.

그 꿈이

눈물처럼 남아있다네.

해질 무렵 캄파닐의 종이 울릴때, 연인이 곤도라를 타고 탄식의 다리 밑에서
키스를 하면 영원한 사랑을 얻게 된다.

— 리틀 로맨스

내 소원은 다른 소원 없습니다.

그냥 그저 그 사람 다시 내 곁에 돌아오게 해달라는 소원.

큰 차에 돈벼락에 그런 거 필요 없습니다.

그냥 그저 그 사람 다시 내 곁에 돌아오게 해준다면.

앞으로 살아가면서 버스만 타고 다녀도 늘 가난 하게 살아도.

그 사람 내 곁에 있어 준다면 내겐 다른 소원 필요 없습니다.

내 소원은 그냥 그저 그 사람 내 곁에 다시 돌아오게 해달라는 소원.

다시 돌아와서 예전처럼 투정부리면 부리는 대로

화내면 화내는 대로.

내게 아무 말 안하고 신경조차 안 써준다고 해도.

질투 일으키려 다른 남자 만나고 얘기해도 별관심 안보이고.

내가 아프다고 끙끙대도 약 한번 안사다 주며 구박해도.

이젠 그 사람 내 곁에만 예전처럼 있어만 주는 거로도.

늘 감사하며 지낼 수 있을 것 같습니다.

그냥 그저 그 사람 내 곁에만 다시 돌아온다면.

예전에 힘들어 헤어지자고 말했던 그날 전으로만 돌아간다면.

내가 먼저 그런 말 꺼낼 일 없을 것 같습니다.

그 사람 내 곁에 다시 돌아온다면...

환상

나는 누군가에게 주려는 노래 한 가락 있어요.
롯시니도, 모차르트도, 베버도.
그것은 오직 나에게만 은근한 매력이 있는
너무나 오래되고 권태로운 구슬픈 가락이에요.

그런데, 이 가락을 들으러 올 때
내 영혼은 이 백 살이나 다시 젊어져요.
그건 루이 13세의 치하 때의 일이에요. 나는 보는 듯해요.
석양이 황금빛으로 물들인 푸른 언덕이 펼쳐지는
광경을 말이에요.

그리고 강과 함께 불그스름한 색깔로 물든 유리창에,
거대한 공원으로 둘러싸인,

그리고 성의 발목을 적시며 꽃 사이로 흐르는
모퉁이 돌에 벽돌로 된 성을 보았어요.

그리고 검은 눈에 금발, 고풍스런 옷을 입고
높은 창문가에 나타난 한 귀부인을 보았지요.
아마도 전생에서 이미 내가
본 적 있는...그리고 지금 추억하고 있는 한 여인을 말예요!

— 제라르 드 네르발

키스하지 말아요, 또다시 입맞춤을 한다면 난 당신 곁을 떠날 수 없을 거예요.
— 파리에서의 마지막 탱고

차라리 당신을 잊고자 할때

차라리 당신을 잊고자 할 때
당신은 말없이 제게 오십니다
차라리 당신에게서 떠나고자 할 때
당신은 또 그렇게 말없이 제게 오십니다
남들은 그리움을 형체도 없는 것이라 하지만
제게는 그리움도 살아 있는 것이어서
목마름으로 애타게 물 한 잔을 찾듯
목마르게 당신이 그리운 밤이었습니다
절반은 꿈에서 당신을 만나고
절반은 깨어서 당신을 그리며
나뭇잎이 썩어서 거름이 되는 긴 겨울 동안

밤마다 내 마음도 썩어서 그리움을 키웁니다
당신 향한 내 마음 내 안에서
물고기처럼 살아 펄펄 뛰는데
당신은 언제쯤 온 몸 가득 물이 되어 오십니까
서로 다 가져갈 수 없는 몸과 마음이
언제쯤 물에 녹듯 녹아서 하나 되어 만납니까
차라리 잊어야 하리라 마음을 다지며
쓸쓸히 자리를 펴고 누우면
살에 닿는 손길처럼 당신은 제게 오십니다
삼백 예순 밤이 지나고 또 지나도

꿈 아니고는 만날 수 없어
차라리 당신 곁을 떠나고자 할 때
당신은 바람처럼 제게로 불어오십니다

— 도종환

사랑이란 상실이며 단념이다. 모든 것을 남에게 주어 버렸을때
사랑은 더욱 풍부해진다.
—J. 러스킨

내가 쓰는 러브레터

너의 자리를 비우는 일

너의 기억을 송두리째 삼켜버리는 일

너의 이름과 너의 습관과 너의 버릇과

너의 뒷모습마저 잊을 수 있는 일

나는 너를 지우는 일을 시작한다.

통화목록과 메신저와 주소록에서 너의 자리를 비워나간다.

그렇게 한참을 비웠는데도 아직 네가 남았다.

지워도 지워도 남는 얼룩처럼 아직도 네가 남아 얼룩져있다.

시간이 그토록 흘렀음에도 너는 왜 아직 그 자린 게냐.

한참을 비워내도 나는 아직 네 그림자 속이다.

너와 있어서 행복해. 넌 모를거야. 왜 지금이 내 인생에 그토록 중요한지.
멋진 아침이야. 이런 아침이 또 올까? 우리의 이성은 모두 어디로 갔지?
— 비포선라이즈

안식없는 사랑

눈에, 비에
바람에 거슬려
바위 사이 어두운 곳을
안개낀 흐릿한 곳을
계속 가기만 하네요! 계속!
휴식도 안식도 없이!

괴로움 속을 오히려
헤치면서 가리라
인생의 이렇듯 많은 기쁨을
참으며 살기 보다는.

마음에서 마음으로 이어지는

사랑의 감정이 모두 다
아아, 왜 이렇듯 독특하게
괴로움을 만들어 내는가!

어떻게 헤어날 수 있으랴?
숲으로 갈 까나?
모두가 헛일이어라!
인생의 왕관이며
안식 없는 행복을
사랑이여!

―J. 괴테

예술도 자연도 이제까지 그대보다 아름다운 것을 만들어 내진 못했소.
―테스

가려진 마음이야 볼 수는 없어도
한번 훔쳐간 마음이야 어쩔 수 없지.
내가 주어서도 아니고 내가 빼앗겨서도 아니기에
흔들린 감정이야 돌아볼 이유가 거기에 있지도
않은 것을 알기에 이렇게 가만히 있어도
그냥 내가 돌아선 이 자리에서
머무를 수 없는 외로움도 빈 가슴에 여울지는 것은
떨어지는 낙엽만으로도 이렇게 가만히 있어도
바람이 불어오고 말면 그만인 것을
휩쓸고 지나간 빈자리에 덩그러니 홀로 나뒹구는
누런 잎새만이
메말라 잃어버린 쓸쓸한 상처로 남고
이렇게 가만히 있어도 달랠 길 없는 빈자리만이
집을 지키고 있다.

잘라낼 수 없는 그리움

눈으로 보지도 만질 수도 없는 사랑인데
왜 가슴에 담을 수도 없는 그리움만
낙엽처럼 채곡채곡 쌓여 가는지.

잘라 내어도 자꾸만 타고 오르는 담쟁이 넝쿨처럼
어쩌자고 이렇게 시퍼런 그리움만 자라는지.

돈처럼 써버려서 줄어들 수 있는게 사랑이라면
영화나 연극처럼
안보고 안 듣고도 잘 살 수 있는 것이 사랑이라면
이렇게 쓰리고 아린 사랑의 아픔도
그리움도 없을텐데.

보이지도 만져지지도 않는 사랑이
어떻게 내 인생을 내 삶을
제 멋대로 쥐고 흔들어대는지
정말 모를 일입니다

나를 찾지도 돌아보지도 않는 사람인데
놓아주지도 붙잡지도 못하는 외 사랑에
애태우는 내가
머물 곳을 찾지 못해 비에 젖어 떨고 있는
가여운 파랑새처럼
한없이 시리고 외롭습니다

오르지도 따오지도 못할 하늘에 별을 보며
가슴 태우는 내가
한없이 어리석고 못난 바보 같아
제 자신 너무나 작고 초라해집니다

― 용혜원

오늘은 하늘이 유난히도 푸르다.

내가 아니 우리가 처음 만난 날에도

마지막 인사도 못한 채 헤어진 날에도 비가 내렸었는데

오늘은 창문으로 들어오는 햇살이 눈이 부셔서

눈물이 날것 만 같다.

차라리 비가 내리면 좋으련만

이렇게 맑은날엔 내 가슴엔 마른비가 내린다.

아무리 내려도 젖지 않는 그런 마른비가 내린다.

가슴이 바싹바싹 타버릴 듯 메마른 상실감을 감당하기 힘들다.

약속했는데 이렇게 힘들어 하지 않기로

잘 살 수 있을 거라고 나 스스로에게 약속했는데

나 이러면 안 되는데 잘 알고 있는데

나 이렇게 맘이 아플 때 어떤 약을 먹어야 하는지 모른다.

그저 정신 나간 사람처럼 한동안 멍하니

창밖만 바라볼 뿐. 난 아무것도 할 수 없다.

사랑한다는 것은 눈과 귀를 멀게 한다.　—열애

진정제

따분한 여자보다 불쌍한 여인은 슬픈 여자입니다.

슬픈 여자보다 불쌍한 여인은 불행한 여자입니다.

불행한 여자보다 불쌍한 여인은 병든 여자입니다.

병든 여자보다 불쌍한 여인은 버림받은 여자입니다.

버림받은 여자보다 불쌍한 여인은 고독한 여자입니다.

고독한 여자보다 불쌍한 여인은 쫓겨난 여자입니다.

쫓겨난 여자보다 불쌍한 여인은 죽은 여자입니다.

죽은 여자보다 불쌍한 여인은 잊혀진 여자입니다.

—M. 로랑생

사랑 ♥ 만들기

사랑이란, 시작의 후회가 된다면 그것은 절대로 사랑이 아니다.

사 랑 ♥ 만 들 기

사랑이란, 잘못된 사랑에도 비웃음을 보내지 않는다.

사랑 ♥ 만들기

_____

_____

_____

_____

_____

_____

_____

_____

_____

_____

_____

사랑이란, 불순물이 제거되듯 세월은 추억을 정화 시킨다.

사 랑 ♥ 만 들 기

사랑이란, 그것을 감추려고 할수록 노출된다.

사랑 ♥ 만들기

사람들은 사랑을 찾아 밖에서 헤매고 사랑은 홀로 안에서 기다린다.

사랑 ♥ 만들기

_____

_____

_____

_____

_____

_____

_____

_____

_____

_____

_____

_____

_____

_____

_____

_____

_____

_____

_____

_____

_____

_____

사랑 고뇌의 치유는 그것에 대한 긍정에서부터 비롯된다.

사랑 ♥ 만들기

_____

_____

_____

_____

_____

_____

_____

_____

_____

_____

_____

사랑이란, 사랑에 있어 죽음보다 슬픈 것은 망각이다.

사랑 ♥ 만들기

사랑이란, 누구나 사랑 이야기를 들으면 환자가 된 듯 해진다.